在园岭复刊的日子

我在《深圳商报》的采编札记

冷鸿文 著

哈尔滨出版社
HARBIN PUBLISHING HOUSE

图书在版编目（CIP）数据

在园岭复刊的日子：我在《深圳商报》的采编札记／
冷鸿文著. —— 哈尔滨：哈尔滨出版社，2022.3
ISBN 978-7-5484-6452-5

Ⅰ．①在… Ⅱ．①冷… Ⅲ．①纪实文学－中国－当代
Ⅳ．①I25

中国版本图书馆CIP数据核字（2022）第041712号

书　　名：在园岭复刊的日子——我在《深圳商报》的采编札记

作　　者：冷鸿文　著
责任编辑：杨望安
责任审校：高艳芬
封面设计：素　言

出版发行：哈尔滨出版社（Harbin Publishing House）
社　　址：哈尔滨市松北区世坤路738号9号楼　　邮编：150028
经　　销：全国新华书店
印　　刷：廊坊市旭日源印务有限公司
网　　址：www.hrbcbs.com　　www.mifengniao.com
E-mail：hrbcbs@yeah.net
编辑版权热线：（0451）87900271　87900272
销售热线：（0451）87900202　87900203
邮购热线：4006900345　（0451）87900345　87900256

开　　本：787mm×1092mm　1/16　印张：10.7　字数：88千字
版　　次：2022年3月第1版
印　　次：2022年3月第1次印刷
书　　号：ISBN 978-7-5484-6452-5
定　　价：46.00元

凡购本社图书发现印装错误，请与本社印制部联系调换。
服务热线：（0451）87900278

序　言

热火朝天的日子

李小甘

　　《深圳商报》是深圳市委主管主办的综合性经济大报，在全国全省都有着广泛的影响力，曾跻身"全国报业十强""广东省五大报社"，开创过中国报业多项第一，硕果累累，誉满南粤。《深圳商报》复刊创业的三十年，正是深圳经济特区跨越腾飞的黄金期。《深圳商报》的复刊与发展，得益于这个伟大时代，得益于这座奇迹城市，得益于历届市委市政府的关心支持，也得益于大批投身其中的优秀报人。曾先后担任《深圳商报》副总编辑、总经理和深圳报业集团副总经理的冷鸿文便是其中的杰出代表。我与鸿文兄相识多年，有着密切的工作关系，他参与商报复刊创业，领衔采编报道，培育后进新生，为商报发展乃至深圳新闻事业做出了突出贡献。欣闻鸿文兄将多年学习工作思考的20余篇文章结集，我自然喜见其成、先睹为快。

　　鸿文兄以《在园岭复刊的日子》为题，以"一名报社记者"为视角，真实再现了他与《深圳商报》的各种机缘与际遇。他所记述的人与事、言与行、思与得，原汁原味，热气腾腾，有的我还亲身经历或多次听闻，历历在目，多有感触。特别是商报复刊创业"三件宝"、家当"二四二""团结户"宿舍等小故事，如电影胶片般一幕幕回放，一下子把我拉回到那个激情燃烧的岁月和艰苦奋斗的年代。习近平总书记曾经讲过，"新闻舆论工作者要转作风改文风，俯下身、沉下心，察实情、说实话、动真情，努力推出有思想、有温度、有品质的作品"。当年鸿文兄和广大商报人，热血满腔，身子贴地，心思费尽，采写了大量兼具新闻性、思想性、艺术性的精品力作，迅速打开了商报创业的新局面，在深圳新闻事业发展史留下了浓墨重彩的一笔。

园岭是不少深圳人的集体回忆，也是一代商报人的创业初心。尽管深圳的幢幢高楼争先恐后地拔地而起，现代化的商报社大厦也于1999年投入使用，但是，对于商报人来讲，复刊初期在园岭租用的简陋小楼，始终是光荣与梦想的精神高地。在那里，每天新鲜出炉的油墨香味和滚烫火热的纸张，共同铸就了深圳新闻事业的高海拔与新起点。我想，年轻的商报人，都可以读一读鸿文兄的这部书，也应该去园岭看一看，在那里或许能找到商报和纸媒的未来。

谈到报纸，我不时还会心潮涌动。我是老读者，多年养成了读报习惯，至今每天还会翻看；也是老作者，曾在上面发表过不少文章；还算是老报人，做过通讯员，搞过新闻传媒管理，经常与鸿文兄等报人商量办报事宜。特别是前几年，在媒体转型发展的关键期，我多方协调沟通，为深圳报业集团争取到每年市政府专项补助资金1亿元，后相继增加到2亿元、3亿元，为巩固舆论阵地、推进媒体深度融合、打造新型主流媒体提供了有力保障。

青山不老人易老，真诚的文字可长存。

鸿文不冷，让我们一起致敬那些热火朝天的日子。

2021年6月

（作者系中共深圳市委原常委、宣传部部长）

提升新闻人的综合素质

高兴烈

鸿文和我是老搭档。早在20世纪80年代，我们同在北京《中国开发报》工作。1990年10月，我调任《深圳商报》总编辑不久，他也响应特区召唤，毅然南下，甘当报坛拓荒牛。他做采编工作，任总编室主任、总编助理、副总编，后又做经营管理工作，任总经理。在《在园岭复刊的日子》一书中记述的"艰苦创业""商报崛起"等章节，正是他亲身经历的故事。政治家办报、企业家经营、创业者开拓这"深圳商报崛起三基点"，他既是见证者、记录者，更是参与者、推动者。

"工贵其久，业贵其专。"鸿文是从部队转业走进报社的，属于非新闻专业背景人员。但是，他弘扬敬业精神，用心专一，持之以恒，把全部精力都用到学习、工作上，努力提升综合素质，从而胜任岗位、成就事业。

新闻事业持续健康发展的前提和根本，在于提升新闻人的综合素质。这是鸿文这本"采编札记"给读者的启示。

习近平总书记在党的新闻舆论工作座谈会上发表重要讲话，着眼党和国家的事业发展和长治久安，着眼党的工作全局，提出了"高举旗帜、引领导向，围绕中心、服务大局，团结人民、鼓舞士气，成风化人、凝心聚力，澄清谬误、明辨是非，联接中外、沟通世界"48字党的新闻舆论工作职责使命。实践证明，要做一个党和人民需要的合格新闻舆论工作者，负起新闻舆论工作的神圣职责和光荣使命，必须努力提升综合素质。

一要提高理论素养。深入学习并自觉坚持习近平新时代中国特色社会主义思想，牢牢把握正确政治方向和舆论导向；牢固树立马克思主义新闻观，实现导向价值（引导力）、真实价值（公信力）和受众价值（影响力）的有机统一，做党的政策主张的传播者、时代风云的记录者、社会进步的推动者、公平正义的守望者。

二要提高专业技能。学习、掌握从事新闻工作所必需的基本业务知识，提高基础采访与写作能力、深度调查与取证能力、媒介内容编排和设计与制作能力、新闻报道策划与媒体活动组织能力和社会交往能力、技术与工具使用能力等。特别要提升深度发掘事物本质及其发展规律的认识能力，切实提高新闻作品的思想内涵和质量。

三要强化职业理念。增强职业认知和社会责任感，增强自律意识，提升职业道德水平，养成深入基层、深入实际、深入群众的良好工作作风，真正成为正能量的生产者。

鸿文说得好："创造神奇靠的是人，一代又一代人对初心的忠诚与坚守。"深信新一代商报人一定能弘扬优良传统，不断提升综合素质，尽职尽责，接续奋进，为深圳建设中国特色社会主义先行示范区提供强大的精神动力和舆论支持，再创《深圳商报》的辉煌！

2021 年 6 月

（作者系原深圳商报社总编辑）

文章和人一样纯真

王庭僚

冷鸿文是深圳商报社副总编辑,我和他相识相处了30年有余。他约我为本书写序,实在难能重任,推辞不下,只好命笔,以表祝贺!

动笔前,先睹为快,从中得益。在读的过程中,有一种"文如其人"的感觉。鸿文同志是军人出身,人品好,干劲大,事业心强,是我眼中的"老黄牛"。这种"老黄牛精神"深透在书中,印记在字里行间,读起来心中升起一种敬意。

作者的甘苦不在文字之中,而在文字之外。他在《在园岭复刊的日子》中写到"顶天立地"的出租屋、记者住的"团结户"、创业"三件宝":单车、风扇、电饭煲。我亲身感受到,在《深圳商报》复刊的艰苦创业年代,冷鸿文同志发扬军人的光荣传统,践行的是正能量,展现的是老兵情怀。

作者在"南粤纪行"这一章里,收入"光明华侨畜牧农场的变迁""记世界第一台声控中文打字机诞生""虎门纪行"等8篇作品。读完这一章,有两点感受;一是"甘苦在文字之外"。记者不是桂冠,而是担子。记者要脑勤、脚勤、手勤,纵有"九九八十一难"也要把"真经"取回来。这8篇报道可以说是历尽艰辛"走"出来的好新闻。另一点感受,就是"抓导向、指方向"。写光明华侨畜牧农场,歌颂的是改革开放;写公明镇后来居上的启示录,指出"环境也是生产力"。记者以发展的眼光指出了前进的方向,佩服!

"深圳风采"写的是深圳义工、共产党员叶晖抗疫新篇和锦绣中华员工遵守职业道德的故事。经过仔细"品味",感受到这一章写的是人,写的是事,写的是精神,传播的是境界之歌。我和叶晖是报友,但不知道他曾参加过对越自卫还击战,看完"猫耳洞人",敬佩叶晖作为战地记者不怕流血牺牲的英雄事迹。在这次抗击疫情的战斗中，叶晖临危受命，召之即来，来之能战，战之能胜，交出一份优秀答卷。作者在这一章节中，写出了叶晖和众多义工们的人生境界，把感动自己的事写出来，再去感动别人。

作品激励追随者，征途更有后来人！

2021 年 6 月

（作者系原深圳商报社副总编辑）

内容简介

退休以后，在报社整理创业档案时，收集到几篇自己撰写的在报纸、书刊上发表过的作品。2020年，新冠肺炎疫情突如其来。宅在家中，闲极无事，却有了比以往更多的可以掌控的闲暇时间。将这些尘封的文字拿来，选择其中，编辑了这册"我在《深圳商报》的采编札记"。

全书分为"艰苦创业、商报崛起、学习笔记、南粤纪行、深圳风采"五个章节。

"艰苦创业"，用《在园岭复刊的日子》《余心忠善，终生未悔》等文章，记述了《深圳商报》复刊创业初期，在艰苦环境中锐意进取、开拓奋进的故事。报社同仁，作为深圳新闻界的拓荒牛，认真做事，励精图治，使报社成功崛起。2013年，原深圳报业集团社长吴松营，约我写一篇《深圳商报》复刊创业文章。我把《在园岭复刊的日子》一文送交之后，吴社长做了认真修改，并给我回了一封信。信中写道：《深圳商报》复刊时，比我们刚来深圳的条件稍稍好了一些。看了你写的那些复刊创业的事实，商报人那种开拓进取的精神，令我十分感动。"文章成功编入《深圳传媒业崛起》一书。

"商报崛起"，收录的是《鹏城报事》一书中的《弘扬商报精神，打造知名品牌》一文，以及《鹏城报事》一书的书评。利用丰富的史料，记述了《深圳商报》从复刊创业到成功崛起的历史进程。读这组文章，可以看到深圳商报社阔步前行的铿锵脚步，感受到报社从小到大，由弱到强飞速发展的跳动脉搏。《弘扬商报精神，打造知名品牌》成文前，原深圳商报社总编辑高兴烈修改了十几遍，原副总编辑王庭僚提供了大量丰富的创业史料。两位老总牵头，找多人研究撰写提纲，后来由我执笔署名编入《鹏城报事》一书，其实，这是一件集体之作。此次编辑出版时，该文标题改为《深圳商报崛起路》。

"学习笔记"中，有作者在中国社会科学院高级新闻研讨班的读书笔记，有在《中国开发报》编辑、记者业务学习会上的发言稿。另外，还有作者参加广东省报业协会赴欧洲六国报业考察报告，分为三篇，编入这一章节。

"南粤纪行"是作者在20世纪末，领到报社的"珠江三角洲"采访任务撰写的新闻通讯。几篇"走马观花"采撷的小花，试图从不同的侧面，不同的角度，反映改革开放大潮的涌动，报道各类企业在企业改革、引进外资、发展创新中遇到的困难挫折，取得成功的喜悦，也有他们在爬坡过坎中流下的艰辛汗水以及品尝到的甜蜜和苦涩。

"深圳风采"收集了深圳在精神文明建设中的几片绿叶。《大爱旗帜下》、讲述了一段深圳志愿者队伍成长壮大的历史；《希望之星》报道了"锦绣中华"大抓员工队伍职业道德教育的故事。深圳在20世纪八九十年代，大抓安全文明小区建设。深圳商报社率先垂范，最早建成安全文明小区标兵并牵头左邻右舍军警民，共建安全文明商报路，成为深圳市精神文明建设中的亮丽风景线。这个章节还有《猫耳洞人，抗疫新篇》一文，介绍了深圳报业集团干部叶晖，在新冠肺炎疫情来袭时，来不及料理病故老父亲后事，参加深圳市委组织的联防联控工作指导服务组，深入社区一线，进行疫情阻击战的事迹。当市委组织部决定，前期参加指导组的同志可以先期撤回时，叶晖才赶回家中，看望年迈多病的老母亲。老人家看到参加疫情阻击战工作归来的儿子后，欣然含笑离世。先后失去父母双亲，叶晖用忠诚与热血，同深圳成千上万抗击疫情的英雄一起，铸就了一道无坚不摧的防疫战线，保卫了我们美丽的家园。

全书五个部分，20余篇稿件，凝结着当年记忆和采访生活的真实情景。从文章中，可以看出作者完成报社采编任务时的工作态度，有对改革开放大潮中的新闻认知，还有把新闻奉献给读者的激情与社会责任。深入基层，挑灯夜战，有写稿时的艰辛努力，也有耕耘收获的喜悦。因为工作关系，作者成为报社创业时期的亲历者，见证者，也是记录者。能够记录那时祖国大地壮丽成长，哪怕是一首宏伟交响曲的序曲小节，哪怕是时代前行的冰山一角，心中也不免时时暗生自豪。重新编辑这些稿件，仍然有不小的冲动，恨不能让人再次赴向那激情燃烧的岁月。然而，过往的新闻，已成为今天的历史。整理旧稿，就是一个自我梳理、自我总结的过程。温故知新，在重温历史中，不断提升对新闻的感悟，对历史认知的升华，这是作者编辑此书的首要收获。

回首往事，《深圳商报》复刊创业在20世纪90年代初期。那是一个改革开放，风云际会的时代。尤其是深圳的发展变化，令人目不暇接，更令人慨叹不已。还记得当时记者采访回到报社编辑部时，常说的一句是："发展变化太快了，一不留神，路边又建起了一栋大厦！"今日深圳，已经走过了建立经济特区40周年的历程。40年春风化雨，40年春华秋实。深圳早已从一个南国小镇，发展成为全国一线示范城市。这个祖国的边陲小镇，正在向全球具有影响力的国际大都市跨越；由解决温饱到高质量全面建成小康社会的跨越；由经济开发到统筹建设经济文明、政治文明、精神文明、社会文明、环境文明的历史跨越。

经济的发展、社会的进步，不仅提供了源源不断的新闻资源，而且也将传媒业带进了一个全新的新媒体时代。深圳商报从复刊到深圳商报社大厦竣工投入使用，仅用了十年时间，就建成了总资产超过十个亿，品牌价值超过30个亿的现代化报社，跻身于"广东省五大报社""全国报业十强"行列。深圳商报人创造了新闻发展史上的"深圳效益""深圳速度"。如今，一批批新人成长起来。他们在新闻的绿野中辛勤耕耘，为深圳的经济繁荣和社会发展努力拼搏做贡献。无论是从新闻的采访手段，还是信息传播的方式，都进入了一个崭新的阶段。这个时代，属于新兴的成长起来的新一代传媒人，老报人为他们奋发向上的激情以及传承初心的不懈努力点赞。现在退休报业老人，见面时常说的一句话是："变化太快了，一不留神，传媒业已经走向全新的全媒体时代！"

创造神奇靠的是人，一代又一代人对初心的忠诚与坚守。靠的是一种精神，人有精神则立，国有精神则强。无论是"忠诚、团结、开拓、求精"的深圳商报精神，还是深圳"拓荒牛"的团结、奉献、开拓、创新的深圳精神，都和我党百年来团结奋斗、砥砺前行中形成的，需要永远继承和发扬的为人民服务精神是一脉相承的。习近平总书记强调："千千万万的老同志'投身革命即为家'，几十年如一日，勤勤恳恳，兢兢业业，艰苦朴素，廉洁奉公，不计名利，不怕牺牲……在离休之后，仍然'壮心不已'，要把'余热'奉献给党和人民。他们的种种优秀品德，集中表现出他们一辈子全心全意为人民服务精神。"

该书五个部分，讲的是创业故事，折射的却是老同志这种高尚精神。作者将不同年代的稿件用这种精神贯穿起来，形成了全书的主题。

志圆中国梦，壮丽起征程。我们正在向着一个伟大目标——实现伟大民族的复兴而努力奋斗着。仅以此片文断章向亲朋好友做汇报，更是对过往岁月的纪念和缅怀，聊以告慰拓荒创业的一代报业老人。

作　者

2021 年 6 月 15 日　于深圳

目　录

艰
苦
创
业

1993 年 5 月 1 日，深圳商报报社新社址奠基仪式隆重举行。

在园岭复刊的日子

经过1990年第四季度的辛苦筹备和试刊，《深圳商报》在1991年1月2日复刊。我从北京调往深圳，参加《深圳商报》的筹备复刊工作。当时，除了报纸要在深圳特区报印刷厂印刷外，报社全部工作，都是在深圳上步中路的园岭街道办事处的出租屋内进行的。虽然仅有一年多的时间，可那是深圳商报社创业的起步阶段，也是工作环境最艰苦的时期。想起那段艰苦创业的日子，看到《深圳商报》的发展变化，总是会为深圳商报人"忠诚、团结、开拓、求精"的精神所感动，为取得的成绩而欢欣鼓舞。

"顶天立地"出租屋

那时，《深圳商报》租用的是园岭街道办事处的一层和七层，也是这栋楼的最低和最高层。没有电梯，许多编辑记者一天要上下几个来回，大家笑着说我们一会儿天上，一会儿地下，报社是"顶天立地"。

在两层总计不到300平方米的出租屋内，有着报社的全部家当和所有办公部门。一进这栋楼的庭廊，左手是一间原来的会议室，这里有着报社广告发行的全体工作人员，右边是行政后勤办公场地，最里面是一间厨房。一上七楼，正对走廊的是一间大厅。大厅正中央放着一张乒乓球台。这既是报社全体同仁参加会议的会议桌，也是员工们闲暇时挥拍比试的场地。顺着乒乓球台四个方向，报社全体编采人员按部门靠墙坐落，这就是深圳商报社编辑部。外边走廊的公共洗手间，隔半间做了暗房。《深圳商报》当时所发的新闻照片，全都是摄影记者在这间暗房冲洗出来的。

　　《深圳商报》复刊初期，这张乒乓球台既是球台，又是餐台，同时又是编辑部工作台。1991年春节，市政协主席周溪舞（左二），市委常委、常务副市长王众孚（左一）来看望报社职工。大家就用这张简陋的乒乓球台欢迎市领导。

　　总编辑高兴烈的办公室，就在一上七楼右手边的一间套房内。不过，套房里间大的主房做了报社资料室，外面小的客厅做了总编辑办公室。那时，许多记者编辑都爱往资料室跑。在那里，不仅可以看到全国各地的报纸，了解家乡的新闻，学习他们的办报经验，而且可以吹吹冷风，到当时报社唯一有空调的房间"享受"一下。

　　其实，这台空调是总编辑办公室和资料室共用的。这间开了空调，那间就不能开，两间房只能轮流交替使用。

　　五六月间，深圳天气闷热至极。记者和编辑下午到总编辑办公室送审稿件，见高总这屋总是不开空调，送审稿件的人常会感到闷热和紧张，禁不住想去资料室关掉那边空调，把总编辑办公室空调打开。这时高总总会制止说，"不要！那边人多，紧着他们记者编辑用。"说着，他会从衣兜里拿出一块老款手绢，擦一下汗水，继续审稿。

家当"二四二"

1991年初报纸复刊时，报社全部办公的家当，只有两台电脑，四部电话，两台汽车。虽说家底微薄，可重要的是，报社有了来自祖国四面八方的记者编辑，他们改变了报纸的命运，使报社各项事业长足发展，使这点微薄家业发挥出最优功效，创造出更大的财富。

两台电脑是北大方正的编辑组版微机。一台组一、二版，一台组三、四版。起初是由蔡立盘、丁小芳两名技术工人完成《深圳商报》电脑组版制作的。后来，报纸由周二刊改周三刊、周五刊，又增加了电脑，报社派出王鹃、张焕珍、娄淑春到《南方日报》学习，并让他们回来就上手。他们边干边学，一天十几个小时进行电脑组版工作，但任劳任怨，百改不厌，直到编辑、总编辑满意为止。

到基层去，克服艰难险阻，写出第一手有价值的新闻报道。这是《深圳商报》记者汪博天，白天在农村奔走采访，以方便面充饥，夜里用纸箱当桌子，赶写稿件。

电话少。无论是记者编辑，还是行政后勤人员，为了节省通话时间，谁都不说拖泥带水的话。大家相互谦让，总是在重要时刻把电话让给一线记者用。

车子少。一辆人货两用车，一辆七座面包车。采访、开会、送报纸、接客人全离不开这两台车。车子已经很旧了，而且没有空调。高兴烈总编辑就经常坐着人货车去市政府开会的。政府大院不让这种车辆入内，高总只能在大门口下车，再匆匆走上一段路，汗流浃背地走进会场。令人尴尬的还有，几次市里重大采访活动，保卫人员根本不相信报社还有这种车，早早就将车子截在路口，根本不让车子上路。摄影记者林勤、杨波就会千方百计跟进。他们总会想出各种办法，保证将最好的图片按时带回报社。

自制早茶过年

复刊初期，报纸都是到深圳特区报印刷厂印刷的。《深圳商报》将自己的报纸编辑好了之后，在电脑上拷好磁盘带到特区报印刷厂。然后，由厂里出胶片，晒好PS版，上机印刷。深圳特区报印刷厂的印

1992年元旦这天，本报组织的"深圳边界行"系列采访活动出发仪式，在原宝安县政府大院举行。林祖基、廖运桃、高兴烈、余日合等市、县领导和报社总编辑、副总编辑等为记者送行。记者李端（右四）、马力（右一）、金敏华（右二），面前停放着刚刚配齐的交通工具——自行车。

力当时也不宽余。双方合同约定，《深圳商报》在出版日头天晚上11点截稿，将磁盘送达印厂制版车间。经过一小时紧张制版后，在《深圳特区报》开机前上机印刷完成。如果商报开机时间晚了，为保证特区报准时开机，只能等印完特区报后再印深圳商报。

复刊时的《深圳商报》虽说是周二刊，可在报纸出版日用的大多是当日新闻，受印刷要求所限，截稿时间比日报还早，所以编辑出版工作一样也不比日报少，强度一点不比日报小。

1991年2月12日晚上，市委、市政府在香蜜湖举行迎新春酒会，所有新闻单位新闻稿都发回得晚。《深圳商报》的报纸编辑工作与日报同步，开机时间冲突了。我们的编辑就在印制《深圳特区报》时再仔细检查商报，以求精益求精，最后忙了一个通宵。

当时值班的我和张家勇、吴建宾、董钢一起把磁盘带到印刷厂，大家仔细检查胶片、晒版后，直至开机印出报纸，已经是13日早晨了。这天是农历庚子年腊月二十九，过年了。看到大家辛苦一宿，张家勇说："这么不早不晚地回去干啥。也过年了，咱们上街找早茶去！"这样，几个人就一直等到报纸印完，卷上几张还带着墨香的《深圳商报》，蹬上自行车找早茶吃了。殊不知，粤味早茶店都已开始放假了。那时，广东这一带有过节提前放假至正月十五后才上班的习惯，清晨的街上安静极了，几乎没有行人。今日无早茶。他们从晶都红岭到红荔路，再绕回园岭，望着一个个从即日开始放假的"安民告示"，几位面带倦容又不肯散去的同仁没了主意。只听董钢说："走！到我那去，还有一包杏仁霜，北京早茶——杏仁茶呀！"大家顿时又打起了精神。等到大家喝掉一锅杏仁茶时，一个个抹着嘴巴说，自制早茶，吃得舒服！

总编辑成了深圳人

创业伊始，车少任务重。总编辑高兴烈从来不让车子接送上下班。他每天早晨从鹿丹村公寓住处，跑步赶到园岭，开始一天的工作。

创业三件宝：单车、风扇、电饭煲

复刊初期，报社没有食堂，给每个员工配备一个电饭煲；没有采访用的汽车，给每个记者配备一辆自行车；租用的集体宿舍没有空调，给每个员工配备一台小风扇。编辑记者们称作是复刊初期"三件宝"。

报纸编辑出版无小事。见到总编辑没个准点下班，就有编辑记者主动借给高总自行车，以应付临时外出和晚上下班回家用。记得3月的一个中午，大家和高总一起下七楼去厨房打饭。高总打完饭以后，将同在鹿丹村住的记者窦毅民叫到旁边一间屋内。他将100多元钱拿给窦记者，窦记者执意不要。双方争执不下，惊动了前面排队打饭的同志。引来了几个非要探个究竟的人，这反而使高总不好意思起来。

原来高总将窦毅民借给他骑的自行车丢了，要赔钱给窦，让他再买一辆。这时，一旁有人听了叫起来："哇塞！总编辑成了深圳人！"新报到的人听不明白，有人解释："没听说吗，不丢自行车的人不算深圳人。高总丢了自行车，当然算深圳人了！"大家听完都笑了起来。

记者住的"团结户"

复刊一年，凭借脚板和自行车，记者们采写了许多优秀的稿件，报纸在市民中的影响越来越大，报社各项事业也发展起来了。1991年7月，报社迁至振华路兰光大厦，有了1000多平方米的办公场地。报纸也由周二刊改为周五刊，每期八个版。为了满足报纸做大的需要，社里建立起了电脑房、电讯室、校对组、车队。

事业发展，离不开人。总编室的编辑每天到总编辑办公室送审报样、稿件，总会见到新人报到。只见这些来自祖国各地报社的业务骨干，有的在聆听老总介绍深圳和报社的情况，有的已经接受了采访任务，将行李先放在总编辑办公室，出去采访了。记者张铁磊、黎玉华、周了连等等，都是报到后放下行李，采访完了交完稿子，再拿行李找住处的。

记者住的"团结户"，就是报社给新来报到的记者，在市内住宅小区里租的单元房。两家共住两室一厅，三家共住三室一厅，一家住一间房。再有新到的记者租不到房子，就在已租好的单元房大厅里暂时住下。后来又将已租好的"团结户"大厅，再用三合板、黄纸板隔成两间房。这样三室一厅住五家，两室一厅住四家。

1992年7月25日，市委组织部125号文件通知，市委批准成立《深圳商报》编委会，高兴烈任编委会主任。左起：祁守成、余日和、高兴烈、冷鸿文、王庭僚。图为冷鸿文向编委会汇报总编室的工作。

　　许多记者都是只身前来深圳商报社创业的。除了住处，吃饭还是个难题。为了应对加班加点，方便面成了记者所爱。总编辑到"团结户"看望报到的记者，无意中发现不少记者床头有着成箱的方便面。随后，他指示，给"团结户"配发电饭煲，让耽误吃饭的记者回来吃上热饭。

　　每位记者住上一间房，加班回来有热饭吃，成为报社领导班子当时为员工办的好事实事之一。"团结户"里讲团结，有记者夫妇同来深圳的或有条件按时做饭的那家，总会把热饭留好；有的家还会给加班加点的记者编辑留下特色小菜。大家都说电饭煲是报社创业时的一宝。

　　本文原载于《深圳商报通讯》2010年第5期，后收录《鹏城报事》一书。文中数字、机构名称和人物职务等信息，均以当日信息为准。照片由《深圳商报》资料室提供。

引入激励机制　实行竞争上岗

——深圳商报社干部人事制度改革回顾

从1998年开始，深圳商报社先后在广告处、发行部实行了领导岗位干部竞争上岗。随后围绕《焦点》杂志、《特区科技》杂志总编辑一职举行答辩会，在报社内外引起不小的反响。总结经验之后，报社组织专人，认真研究了内部领导岗位竞聘上岗方案，准备在报社所有中层领导干部中实行竞争上岗。

深圳商报社自1991年，始终坚持党管干部的原则，认真把好"进门关""任用关"，并采取用民主测评、签订责任状等多种办法，推进干部人事制度的改革。以此为突破口，积极促进报社内部管理体制的改革，促进了报业的发展。报社这次引入竞争激励机制，实行领导干部竞争上岗，是为了进一步加强干部队伍建设，逐步建立起公平竞争、优胜劣汰的管理机制，搬掉原来任命制的"铁交椅"，培养和造就一支政治强、业务精、作风正、纪律严的领导干部队伍。

党的十五大报告提出要"深化人事制度改革，引入竞争激励机制，完善公务员制度，建设一支高素质的专业化国家行政管理干部队伍"，为我们竞争上岗，调动全体干部员工干事创业的积极性指明了方向。最近，到报社参观指导的兄弟单位领导，看到我们在公告栏中发布竞争上岗的公告后，恳切要求参加我们的竞争上岗答辩会，并表示回去之后也要参照进行，竞争上岗这一推进干部人事制度改革的做法，越来越受到社会的关注。竞争上岗是一件大的干部人事制度改革，报社目前也尚待全面展开。回顾前一段的实践，我个人认为应该着重做好以下几方面的工作：

一是确定竞岗岗位，发布竞岗公告。为了达到公平竞争、择优录取的目的，报社编委会首先要确定竞聘的岗位，然后以公告的形式公布竞聘岗位、岗位职责（工作任务指标）和职务条件，在全社范围内自由报名，公开竞争。前不久进行的广告处6个岗位的经理职务、发行部9个岗位的经理职务，都有《深圳商报》《深圳晚报》编采部门的干部参加竞聘，走上答辩席，最终他们以智慧和胆略，找到了自己相应的工作岗位。

二是进行资格审定，确定竞岗人选。竞岗人选可以采取本人报名和组织推荐的办法，由编委会领导下的竞岗评议考核委员会进行资格审定。评议考核委员会成员由编委会、机关党委和组织人事部门负责人组成。竞岗资格应该是德、能、勤、绩四个方面的综合审核。比如这次《焦点》杂志总编辑的竞岗者，经审定，大都是《深圳商报》编采部门的业务骨干，除了部门正副主任之外，就是高级、副高级的编辑记者。杂志总编辑职位，为这些竞岗者提供了更能够发挥自己才能的广阔天地。

三是准备竞岗方案，开好竞聘答辩会。竞岗资格审定之后，最重要的是个人认真准备上岗方案，参加竞聘答辩会，发表竞岗演说和公开答辩。评议考核委员会成员和与会员工代表，认真听取竞岗者的发言，可现场提问。竞岗者凭自己智慧和胆略宣讲自己的上岗方案，回答所提问题。评议考核委员会成员根据岗位职类（岗位工作任务目标）、任职条件，以及答辩水平和民意测评的结果，综合打分，选出岗位干部人选，报编委会审核批准。

四是签订任期目标责任书，对上岗者实行动态管理。报社编委会审定任职者，由任职者与报社总编辑及主管副总编辑（或编委）签订目标责任书。责任书要对上岗者的职责权限、任期目标、考核标准和奖惩措施等作出明确规定。根据目标责任书内容，编委会对上岗者进行动态管理，定期（每半年）对上岗者进行任期责任目标完成情况的考核。考核办法可以采取公开述职、民主测评、书面考试、组织考察等形式，由主管领导做出总评鉴定，签字后归档。对优秀者可给予通报表彰；对不称职或认定不能完成任期目标者，则及时解聘，请其下岗。

竞争上岗的做法，在报社才刚刚开了个头，从已竞争上岗干部干事创业的积极性来看，我们不难得到三个方面的启示：

1. 竞争上岗促进了干部职工思想观念的转变，改干部职务终身制为任期制。竞争上岗的干部一律实行（2至3年）任期制，任期届满，此岗即进入下轮重新招标，届时符合条件的干部员工均可参加新一轮竞争上岗。原任干部不重新参加竞岗，视为自动下岗。上岗者任期内享受相应的政治、生活福利待遇。下岗者解聘，不再保留原有的级别待遇。在岗是"官"，下岗是"民"，真正实现了能上能下，能进能出，使干部队伍变成一渠活水。当然，我们还要注意做好解聘干部的思想政治工作，妥善安排他们的出路，请他们做好力所能及的工作。对下岗干部一视同仁，凡经过努力表现优秀者，鼓励他们再次参与竞争，找到合适的岗位。

2. 竞争上岗为报社所有干部员工提供了公开竞争、施展才华的机会。通过竞争上岗这样一种方式，把德才兼备、政绩突出、廉洁奉公的优秀人才选拔到领导岗位上来，是推进干部人事制度改革要达到的主要目标之一。让"能打虎的上山，会擒龙的下海"，优化组合，给"能人"创造一个施展才能脱颖而出的机遇。实行竞争上岗，是一种双向选择，促进了报社内部的人才流动，使竞争者找到了自己相应的位置。《深圳晚报》经济部副主任宋革，今年31岁，中级职称，作品曾获广东省新闻报道一、二、三等奖，曾经两度被评为"商报之星"。在广告处竞争上岗答辩中，他凭着自己的水平和实力，中标上岗，被聘为广告处处长助理兼业务部经理。

3. 竞争上岗增强了中层干部干事创业的责任感，调动了他们的积极性和创造性，使这支队伍能够始终保持旺盛的活力。竞争上岗，使中层干部在任命制下形成的"我给领导做"，变成了可发挥创造性的"我要这么做"，主动性和积极性都与以往不同。另外，上岗方案的演说、公开答辩、签订目标责任书，有助于从根本上解决报社中层干部言行一致的问题。报社干部员工既听到了你竞岗是怎么说的，又见到你平时是怎么做的，对你的评价就会更准确，要求更严格。而上岗干部，既有了责任感，又有了"危机感"，工作起来顺心，干劲也就更大了。

　　本文是作者1998年提交的广东省新闻学会理论研讨会交流论文，刊发在《深圳商报社理论与实践探索》一书中。文中数字、机构名称和人物职务等信息，均以当日信息为准。

深圳商报社八年建成多个媒体
共同发展的媒体中心

深圳商报社的崛起，是一个不断发展、不断提高、不断创新的过程。报纸的复刊为报社的发展奠定了基础。十年间，深圳商报社在创建现代媒体机制方面，实现了历史性的跨越。一是改单一为多样，二是改分散为集约，实现多媒体共同发展。

《深圳商报》复刊时为对开、周二刊。三年之内改出日报并扩为8版、12版、16版。1994年元旦创办《深圳晚报》，日出四开八报，跻身全国晚报界"新四小龙"。两报分别和香港《大公报》、上海《新民晚报》合办"深圳新闻版"，借船出海宣传深圳；湛江《企业市场报》、深圳《焦点》杂志、《深圳特区科技》《深圳画报》随之加盟；"深圳商报电子信息屏"1992年7月27日正式开播；1996年2月28日由深圳商报社和中国奥委会新闻委员会合作创办的"深圳奥委会新闻中心"挂牌成立；1995年9月，《深圳商报》与深圳广播电视台合办"商报直播室"专题节目开播；1998年8月深圳商报社与报人营销有限公司联合创办新闻培训学院；1998年8月"深圳商报社经济研究所"成立；1998年9月10日，由深圳商报社主办的"深圳新闻网"正式成立发布域名，进入国际互联网；1999年元旦，深圳商报社与陕西日报社、陕西省新闻研究所联合主办《新闻知识》杂志。至此，深圳商报社复刊后提出的5年规划，要建设一个由多个媒体组成的媒体中心的任务全部提前实现了。

报社建成了既有日报，又有晚报；既有报纸，又有杂志；既有报纸媒体，又有电子媒体；既有国内出版的报纸，又有海外出版的专版；既有各种新闻媒体，又有新闻中心，新闻培训学院、经济研究所的媒体中心。从"一社一报"发展为"一社多报"，再到建成多个媒体共同发展的媒体中心。媒体群的建成，创造了新闻发展史上的"深圳速度"，繁荣了新闻事业，为深圳的社会发展、经济繁荣作出了贡献。商报人在创新路上，向改革延伸，向创新发力，这就是创业10年体会。

原载深圳报业集团出版社2016年出版的《鹏城报事》一书。

余心忠善 终生未悔

——怀念深圳商报社早期创业者余日合同志

时间过得真快。转瞬间，尊敬的深圳商报社原副总编辑余日合同志，离开我们已一年多了。时间并没有消磨掉人们对他的哀思与怀念，他对报社做出的突出贡献，永远值得商报人铭记；他的崇高品格与高尚情操，永远值得大家学习和称颂。

安详离世，众人哀思：他带给大家无尽怀念

2017年，余日合81岁。每年7月1日，退休党支部都有党日活动，他都坚持参加。"七一"快到了，我遇到曾经给余总服务过的司机陈宜想。宜想说，余总最近在参加一次活动后，竟记不得自己家住几层了。听到这个情况，我想应该尽快去看望一下老人家。到了9月间，突然接到余日合夫人曾云添老师电话：老余因肺部感染发烧，昏迷不醒报"病危"。

我赶忙和两位报社老同事赶到医院。见到余总时，他正熟睡着。氧气、药液等各种管子，通过脸部、身体和内体连接着，熟睡中的他表情安详而宁静。重症监护室规定，探视者每人不得超过10分钟。我们每人轮流进去坐在他病床边，静静地看着他，谁也没有忍心叫醒他。我和齐荫桐同志找到主管重症监护室的谢主任。据谢主任介绍，余总各项检测指数还算稳定，起伏不大。不过老人家免疫力差了，真正度过这一关，赶走感染的病毒，需要唤醒他体内的"内力"。

老同事张传恺同志进去探视余总之后，对我说，应尽快向报社领导报告。余总这么德高望重的老领导，很多老同事挂念他、关注他，我们不应给他们留遗憾。

这之后，报业集团领导周斌同志、集团工会副主席林百珊同志率

有关部门负责人，赶往医院探望，转达了报业集团和同事们对余总的关切和问候。

10月13日，再次接到曾云添老师电话。她只说了一句"他一直睡着，今天走了"，就呜咽着说不下去了。当晚，齐荫桐同志将噩耗传到老同事微信群里，顿时群里满是震惊、哀悼和怀念。无论是报社的记者、编辑，还是司机、印刷工人，或写文或作挽联诗词，以各种形式表达了对余日合同志去世的哀思与悼念。

对余日合同志的病逝，人们无比悲痛。深圳报业集团党组书记、社长陈寅同志带领报业集团有关同志，前往余日合同志家中，对余总的逝世表示沉痛哀悼，对亲属表示慰问。

深圳报业集团高度重视余总后事安排。集团领导同志周斌、王跃军、丁时照、胡洪侠，以及报业集团有关部门负责人参加了余总遗体告别仪式。深圳报业集团退休老领导吴松营、王庭僚、丘盘连，冷鸿文和张占恒等同志，也前往送别余日合同志。

与此同时，高兴烈、杜吉轩、姜东南、张家勇等报社老领导，纷纷以不同方式表达了对余总的哀悼并对他家人进行慰问。

深圳市委组织部、市委宣传部、市新闻工作者协会等单位送来了花圈和挽联。

余日合家乡广东省和平县委组织部、老干部处，和平中学以及老家的亲朋好友，派代表前来参加遗体告别仪式。

另外，还有北京、上海、南京、武汉、成都等地以及美国、澳大利亚、新西兰等国的亲朋好友敬献了花圈，或通过微信唁电等形式，对余日合同志的逝世表达深切哀悼。

遗体告别仪式在深圳沙湾殡仪馆举行。那天，殡仪大厅布满花圈，余日合同志静静地躺在大厅中央的花丛中。他太累了，就这样永远地睡着了。那么安详、从容，带着对世间的眷恋、对亲人的挚爱，对同事的真诚，就这样地走了。前去向余日合同志告别的所有人，忍住心中的悲痛，深深地鞠躬：余总，一路走好！

白手起家，艰苦奋斗：《深圳商报》早期创业者

余日合同志是《深圳商报》创办元老，是报社同事都十分敬重的老领导。

1988年8月14日，当时担任深圳市精神文明办公室副主任的余日合，接到时任市委常委、宣传部部长杨广慧同志的电话，要他把手头工作交接一下，第二天到市委宣传部新闻出版处去上班，协助筹办《深圳商报》。

杨广慧同志在电话中说："宣传部收到了100多份求职材料，求职人员要求到即将创办的《深圳商报》工作，你（指余日合）同邝焕儒一起，看看这些求职材料，从中选出一些适合做新闻工作的同志，作为以后拟调对象。"

余日合第二天赶到宣传部，和新闻出版处邝焕儒处长一起将100多份材料分成两半。一人一半，将合适的人挑选出来，然后再交换着看，边看边商议，最后将确定的人选，报给市委宣传部干部部门。

从这天开始，余日合同志就和《深圳商报》紧密地联系在一起，把生命的后半程献给了《深圳商报》。

1988年9月16日，市委组织部下发文件，任命谢建琼同志为《深圳商报》筹备组负责人，余日合、杜吉轩同志为筹备组成员。

在1991年1月8日召开的《深圳商报》复刊新闻发布会上，深圳市委书记李灏与报社副总编辑余日合亲切交谈。

　　筹备组第一次工作会议在组长谢建琼家里召开。根据分工，余日合在筹办报纸工作中分管后勤保障，具体工作内容有政工、人事、行政管理、经营管理等，兼任党支部书记。

　　筹建工作是在非常艰苦的环境下开始的，一切从"零"开始。兵马未动，粮草先行。那些日子，余总胳膊下夹个黑包，每天马不停蹄地跑批文、办公章、发商调，同时寻找办公场地，安排报纸排版制作及印刷发行等工作，忙得不亦乐乎。他先后找到市委秘书长李定等领导同志，联系到刚盖好的新闻大厦七楼一处200平方米的办公场地。这处办公场地，由于余日合的多方奔走，最后由政府免费提供给报社筹备组使用。

　　落脚点一定，余总立即组织已来报到的人马，打扫卫生，搬来三四张旧办公桌、一张乒乓球台，安装了三台电话机，又买来几把电热水壶，算是给未来的报社先安个家，筹建工作有了个落脚点。

　　那时，报社没有车辆，所有人上下班、外出采访办事，或步行，或骑自行车，或搭公交车。余总非常着急，一定要搞一辆车，以提高工作效率。市领导在报纸筹建开始时明确指示，创建期间不买新车。他就一趟一趟地跑企业，准备给报社买一辆旧车，以解燃眉之急。

　　打听到市物资总公司有一台旧面包车，余日合向市物资总公司的领导说明了报社筹建工作的艰难。市物资总公司经研究，决定将这台旧车无偿赠送报社使用，还特地将车子送到修车店检修，该换的零部件全部换新。余总带上报社行政部门人员，出席了俭朴的交接仪式，代表报社表达深深的谢意。这台旧的、没有空调的面包车，在报社创业阶段，发挥了重要作用。报社上至总编辑，甚至一些市领导，下至普通员工，都坐过这辆虽旧、但跑得很欢实的面包车。

　　随着新员工陆续报到，住房成为一个大问题。余总经过多方了解，得知市房管局在鹿丹村的一栋单身公寓还有空房。他立即前往有关部门，办理各种申请。经过多次向有关领导当面汇报，一遍一遍地修改申请报告，终于申请到鹿丹村单身宿舍里的12套单身公寓。1989

年12月，他又找到房管局领导，从红荔小区再次申请到8套住房，为报社员工找到了安身之所。

建章立制，廉洁奉公：他是深圳商报大管家

《深圳商报》1991年1月正式复刊。市委任命高兴烈同志为总编辑、市委宣传部副部长倪元辂同志兼任副总编辑、余日合同志任副总编辑，《深圳商报》筹备组同时撤销。

复刊后，余日合同志作为报社领导班子重要成员，协助总编辑分管报社行政、人事、基建、财务、广告、发行等行政后勤工作，成了报社名副其实的"大管家"。

从《深圳商报》创刊开始，到复刊后的几年，余日合协助总编辑高兴烈一直致力于为报社建设一支思想过硬、精通业务、年富力强、高效精干的新闻工作者队伍，付出了巨大的心血和心力。他从实际出发，认真审查档案，既看学历，又重思想品德和实际工作表现。对报社发展急需的人才，原单位不肯放人的，余日合努力做对方单位的工作，多次电话、信函，真诚请求给予支援。经余日合同志亲手办理调入《深圳商报》的员工有祁守成、王庭僚、张家勇、王茂亮、王田良、丁时照、李延林、张传伟、冷鸿文、李端、张传恺、齐荫桐、陈伟、张艳蕾、邓秋麟、王曼云、苏妃宜等，多达200余人。这些人都成为报社乃至整个深圳新闻事业的中坚力量。

《深圳商报》复刊后，报纸影响力越来越大，发行量迅速增长，印力成为新的瓶颈，购买印刷设备成为当务之急。余日合同志深入调查研究，先后赴《深圳特区报》《南方日报》、香港各大报馆，以及北京、上海的报社，进行考察和调研，了解到当时使用最多的，被认为技术最先进的当数美国全电脑控制的高斯胶印轮转机和德国罗兰轮转胶印机。余日合专程到国家外贸部门，详细了解这两种设备的使用情况和用户评价，以及这两家设备厂商在国内市场的销售价格。

1991年7月18日，上级批准了《深圳商报》订购美国洛克威尔公司

生产的一套卧式胶印彩色轮转印刷设备。采购的谈判过程曲折艰辛，以余日合为代表的报社方，既坚持"高精尖"的技术标准，又尽量做到少花钱多办事，为国家节省每一个"铜板"。最后的订购价格，包括免费提供必要的零配件和设备的安装调试、技术培训等费用，比国内其他报社购买同类产品节省了25万美元。两年后在广州举办的一次国际印刷设备博览会上，商报广告部的同志找到这家外商说，我们报社都购买了你们公司的印刷设备，还不在报纸上做个广告？外商说，你们报社订购设备谈判时，早已将报价中的各种宣传推介费那部分"拧"干了。你们谈判的余总，真是"油盐不进"，是最厉害的谈判对手。

第一次订购印刷设备成功之后，余日合同志又参加了后来报社订购大中型印刷设备的谈判。他在保证项目质量、为国家节约开支、廉洁自律方面，为后人做出了表率。

由于购置了先进的印刷设备，深圳商报印刷厂1993年开始参加全国印刷质量评比，在全国61家参评单位中一直名列前茅。1995年深圳商报印刷厂轮印车间荣获广东省管理先进集体。

复刊伊始的深圳商报领导班子成员：总编辑高兴烈（右）、副总编辑倪元辂（市委宣传部副部长兼任）、余日合（左），一起研究报纸改版方案。

早在1990年9月26日，《深圳商报》在向市委市政府提交的申请报纸复刊的请示报告中有一个附件，即《关于深圳商报社建设用地的请示报告》，就是余日合同志起草的。《深圳商报》复刊后，成立基建领导小组，高兴烈任小组组长，余日合为副组长。

1991年6月18日，市政府办公厅下发的《会议纪要》明确了《深圳商报》的基建用地。余日合同志带领报社基建办工作人员，根据市政府办公会议精神，与市国土规划局同志勘察了几块用地之后，报给报社基建领导小组。组长高兴烈与市国土规划局领导一齐拍板决定，选择了现在的深圳商报社大厦的用地。基建开工后，余日合同志经常陪同市领导查看施工现场工程进度，发现存在问题，提出解决办法。可以说，余日合是深圳商报社大厦建筑群的奠基人和组织实施者之一。

由于善于学习，余日合同志对报社业务从不熟悉到熟悉，从不懂到懂，逐渐成为报社广告、发行业务管理的行家里手。他在工作中坚决贯彻《深圳商报》编委会关于办好报纸和搞好经营"两个轮子"一起转的方针，认为只有两个"轮子"齐

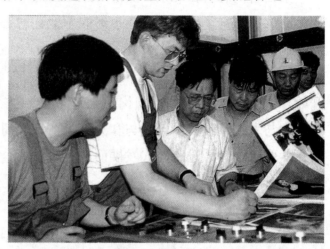

余日合副总编辑与印厂工人和外国技术人员在新进口的报纸彩印机操作间，检查报纸彩印质量。

动，报社事业才能兴旺发达。余日合在协助总编辑建设一支政治素质高、专业能力强的发行、广告队伍方面，做出了重要贡献。商报广告额连年猛增，创造了中国新闻史上的"深圳速度"。曾经担任广告部主任的李端、张传恺等同志都深有感慨地说，增加报社广告收入、稳定广告员工队伍，余总功不可没。

在报纸发行工作中，余日合同志根据长期与邮局合作的实际情况，与高兴烈总编辑一道，探索出一条"报邮联合"发行的新路子。他们提出扬"邮发"之长避其短，补"自办"之短而取其长，形成了

让利订户、利益共享、优质服务、报邮同心的良性循环。同时，在报纸收订期间，报社与邮局在各自系统中开展劳动竞赛，形成人人关心报纸发行、个个维护发行成效的良好局面。1998年，《深圳商报》在全国各地的订户比上年度猛增5.5倍，全国2348个县市，县县有订户，市市有增长。

诚以待人，勤勉本善：他是大家的良师益友

余日合同志曾在北京、武汉等地工作过，多年在政府机关工作的经历，磨炼和丰富了他的阅历，也形成了他勤勉努力、待人以诚的工作作风。他常说："我没有什么突出的才能，只有勤奋工作和诚意待人。"

《深圳商报》是余日合同志工作的"家"。从筹办《深圳商报》开始，到2011年从报社顾问岗位上退下来，他是深圳商报崛起的亲历者、参与者和奉献者。他参与和见证了《深圳商报》从无到有、从小到大、从弱到强，经过跨越式发展而成功崛起的全过程。创业初期的《深圳商报》在高兴烈总编辑率领下，全体干部员工艰苦奋斗，锐意进取，开拓创新，创造了中国新闻史上的"深圳速度"和"深圳效益"。

大家还记得1993年报社新春庆祝会上，当时的办公室主任马一超同志对高兴烈总编辑说："高总，您像父亲一样带我们创业。"对余总说："余总，您像母亲一样体恤下属……"当时在场同志就笑着说："马主任，怎么把两个老总当成两口子了。"

我倒不认为这是一个"笑谈"。从报社一个部门主任的祝福语中可以看出，《深圳商报》领导之间相互配合、合作默契的工作特点。高兴烈总编辑是"班长"，班长的工作作风硬朗，抓大事，主大局，雷厉风行；余日合副总编辑作为高总的副手，抓落实，求效果，细微缜密，具有很强的执行力。他们相辅相成，相得益彰，成就了《深圳商报》的繁荣与辉煌。

确实，在报社每一个决策的执行过程中都经常能感受到余总温情细微、诚以待人的一面。《深圳商报》在计划生育中心办公时，摄

影记者冲洗照片所用的暗房，是用半间男厕所隔出来的。搬到兰光大厦后，办公环境有了很大改善，编采办公面积也留出了暗房。报社准备拿出些经费，为暗房配置一些冲洗新闻图片的器材。高兴烈总编辑决定由我带队，带领摄影记者和驻港记者一起到香港采购。出发前，余日合同志把我们叫齐做动员。他说，报社划拨一点钱不易，我们能节约的就要为报社节约。他还细致地交代我们，可以选择住在深业香港招待所，那是深圳企业驻港单位，一般公职人员出差都住这个招待所，安全可靠，吃住方便，价格优惠。

在余总的安排下，我们一行在深业香港招待所住下，每天每人80元住宿费，早餐跟招待所职工一起做，仅从住宿和餐费上就为报社节省了不少费用。余日合同志还联系到香港燕京行董事长接待我们，董事长的儿子为我们当向导，顺利完成了采购任务。任务完成后，一行人无不感叹余总细致周到的安排。

在余日合同志分管部门工作过的人都有这样的体会：余总一心为工作，真诚待人，凡可以帮上忙的，一定毫无保留。

1995年8月14日，以埃及最高新闻委员会副主席穆罕默德·阿卜杜·贾瓦德为团长的埃及最高新闻委员会代表团访问《深圳商报》。报社副总编辑余日合、冷鸿文热情接待客人并合影留念。

　　报纸收订工作，都是在每年第四季度展开。为了保证来年报纸订户稳定增长，并做到心中有数，编委会成员都有分工。1995年，我在编委会中负责接管余日合同志曾经分管的宝安区报纸征订，余总毫无保留地将他掌握的宝安区订报情况交给我。在报社组织的发行日，余总陪我一起拜会宝安区委区政府以及各乡镇的领导。有余日合这位好的老师在后面指导、帮助，我接管宝安区发行工作十分顺利。

　　我在余日合同志的工作笔记本儿上抄到了这样的一段话：无论是做人还是待人，都要真诚。求真，即是真情、真知、真实。此乃人之悟性，吾之所愿。

　　余日合同志就是这样在发行工作和分管的各项工作中，践行勤奋工作、诚以待人原则的。这既是他对待同事的善良品质，也是他能够做好工作的秘诀。

　　余日合同志还是深圳商报社第一任工会主席。报社从报纸筹办到复刊后的一段时间内，各方面的条件都很差。余日合认为，条件越是艰苦，工会越要关心员工，免除大家的后顾之忧，让大家团结一心，全力以赴做好工作。那几年，工会每年制订出工作计划，承诺一年内要为大家办几件好事、实事。

　　《深圳商报》复刊后，在总编辑指导下，由余日合同工会的同志一道，给记者、编辑送上三件"大礼"：即电饭煲，解决记者采访归来吃不上热饭的问题；单车，解决记者和报社外勤人员没有交通工具的问题；风扇，帮助报社职工在没有空调情况下度过酷暑天气。这就是老商报人至今仍然津津乐道的——《深圳商报》创业三件宝：单车、风扇、电饭煲。

　　工会每月组织一次员工生日聚会，对生病住院职工进行慰问，为已经入编员工申请住房，积极为大家办理各种手续。这些细致而周到的工作，使得商报人感到了"家"的温暖。去除后顾之忧，创业精神更足，干劲更大了。从1992年余日合当选商报第一届工会主席开始，到1997年他退休，《深圳商报》连续被评为"深圳市先进单位""深圳市文明单位"，报社工会被评为市"先进工会组织"。

不忘初心，勇于担当：他是一名令人敬佩的共产党员

余日合同志出生在广东省和平县的贫苦农民家庭，自幼丧父，是母亲含辛茹苦将其抚养成人。艰苦的生活，锻炼了他坚韧不拔、努力奋斗的品格。他1955年6月入党，是和平县在新中国成立后，在和平一中公开建党发展的第一批三个党员之一。入党时他庄严宣誓，要为党的事业奋斗终身。

2008年5月12日，四川汶川发生特大地震。大地震给当地人民的生命财产带来巨大损失。余日合这位入党多年的老党员睡不着了，他与夫人曾云添商议，决定以每人每入党一年捐一百元计，为灾区捐款。捐款那天，余日合痛风发作了，由夫人搀扶着来到党委办公室。当离退休党总支书记张传伟见到这位昔日的老领导忍着疼痛送来捐款时，紧握着余总的手，激动地说："老领导，您永远是我们的好榜样。"后来，张传伟在向其他支部书记介绍当时情景时一直很激动，他说为有这样的老党员而由衷地骄傲。

艰苦的生活，锻造出余总谦逊低调的品德。捐款过后，有记者和党员向余总问起这件事。他说："改革开放后，大家生活好了，我们有能力支援灾区，一方有难，八方支援，灾区重建会更快些。"后来，我在余日合做顾问的办公桌上，发现他写给自己有似"陋室铭"的文字："余有生之年，不求闻达于当今，留名于后世，造福于黎庶，荫庇于子孙。唯求于心安，随意常乐而已。"

我曾经问起余总，这几句您想表达什么意思？他说，对灾区捐款这事，我做完了心里踏实，献一份爱心，感觉舒坦。

余日合同志还有一个观点：自己的一切荣誉，归功于党，归功于报社。

余日合一生中，曾经获得过众多奖励和荣誉。他在《深圳商报》工作12年，从12年前他来到宣传部新闻出版处、与处长一起精心选调

筹办深圳商报社人选开始，到报纸创刊、复刊后成功崛起，每一步都有这位老党员流下的汗水和心血。

党和人民没有忘记他。2001年7月余日合荣获广东省委授予的"南粤七一"共产党员纪念章。2007年退休时，他被授予"深圳商报之星"，被《深圳商报》授予"金笔奖"一等奖。2007年10月，余日合被深圳市委授予"共产党员纪念勋章"。2014年6月，余日合被广东省委省政府授予改革开放35周年深圳经济特区建设突出贡献人物称号。

每年7月1日，党的生日这天，党组织都会对50年以上党龄的老党员进行慰问，余日合是当时我们党支部有50年以上党龄的三位老党员之一。

记得2015年建党纪念日，我和党总支部代表卓远云一同来到余总家里。那时，余总有乘完电梯晕厥症状，家人怕他摔倒出意外，给他买了轮椅。我们坐在沙发上，跟坐在轮椅上的余总聊家常。他脸色红润，两眼有神，气色不错，嘴角总带着一丝微笑。当我们将慰问品递到他手中，代表党组织向他表示问候时，他让夫人拿过来提前准备好的各种奖章、荣誉证书，郑重地对我说，这是我一生中最有代表性的荣誉证书和奖章，也是咱们报社的荣誉。这些荣誉，肯定了我这么多年工作的成绩，也肯定了党组织多年来对一名党员干部培养结果，深圳报业集团、深圳商报社是我的家，这些奖章证书就放在报社的荣誉室吧。

我们将这些奖章、证书郑重地转交给集团征集纪念文物办公室。我们都觉得这不是一般的奖品，而是向党组织交上的一颗老共产党员炽热的心，那是一颗不忘初心、永远对党忠诚的心。

余日合同志是我入报社时的领导和老师。我是经总编辑推荐，余日合同志三次发函，从北京调来《深圳商报》的。是余总领我进入《深圳商报》，投入紧张而富有挑战的报社开创事业。余总退休之后，我接手了他在领导班子中分管的工作。十几年的工作，我一直以余总为榜样，努力向他学习。退休后我当选为深圳商报社退休党支部书记，余日合同志就在我们支部，他对党支部工作给予了大力支持。我为有这样的好老师、好党员、好领导而感到自豪与骄傲。

余日合同志走了。他留下了报纸由小到大、报社由弱到强、从筹办到复刊崛起的许多传奇故事。报社每一步前进足迹，都有他的心血，他的努力，他的贡献。他所得的荣誉和勋章，是党和人民给予他的肯定和赞颂，是对其工作作风、做人品德和高尚情操的褒奖和传承。

这一宝贵财富，是我们永远学习不完的。

本文原载《读创》2019年4月4日。文中数字、机构名称和人物职务等信息，均以当日信息为准。照片由《深圳商报》资料室提供。

商报崛起

1999 年 7 月，深圳商报社搬入新大楼办公。

深圳商报崛起路

——深圳商报社崛起创造了中国报业发展史上的"深圳速度""深圳效益"

《深圳商报》经历了一个创刊、停刊、复刊的过程。复刊后，报社发展驶入了快速发展的轨道。在"一穷二白"的基础上，经过艰苦创业，《深圳商报》从周二刊4版发展到日出36版以上，跻身于"广东五大报""全国报业十强"的行列。全报社建成包括有全国晚报界"新四小龙"之称的《深圳晚报》在内的三报两（海外）版四刊及深圳新闻网为主体的"媒体群"；以现代化的印刷厂及按股权管理的10家公司为主体的"企业群"；以占地3万平方米、建筑面积10万平方米的报社大厦及广场为主体的"建筑群"。这就是被深圳人和全国同行称赞的报业崛起"奇迹"。

1999年6月21日，全国记协主办的《中华新闻报》报道了《深圳商报》的实践与经验，标题为"创中国报业史上的'深圳速度''深圳效益'"。世界品牌实验室发布的2010年（第五届）中国500最具价值品牌排行榜，《深圳商报》排名第190位，品牌价值47.15亿元。

艰苦创业 智慧探索 创办经济大报

1.《深圳商报》经历了一个创刊、停刊、复刊的过程

《深圳商报》创办于1988年。

早在1987年9月，深圳市委宣传部向广东省委宣传部和广东省新闻出版局递交了《关于创办〈深圳商报〉的请示》。请示认为，深圳是经济特区，她的战略地位和作用决定其很需要一家经济报纸。

1988年4月19日，新闻出版署批复广东省新闻出版局，同意创办《深圳商报》。

　　市委组织部根据市委的指示，先从深圳特区报社抽调谢建琼、杜吉轩、刘汉星等部分业务骨干，同时由市人事局向北京、上海、广州等地方招聘采编人员。同年9月，深圳市委组织部发文任命原《深圳特区报》副总编辑谢建琼为《深圳商报》筹备组负责人，余日合、杜吉轩同志为筹备组成员。11月，市机构领导小组办公室批复：深圳商报社定编38人，报社为事业单位，实行企业化管理。

　　筹办工作是在艰苦的条件下进行的。报社租借八卦岭工业区616栋6楼作为办公楼，经营部则租借上步园岭计划生育服务中心大楼一层。几十人马在谢建琼和筹备组余日合、杜吉轩的带领下，用市政府拨给的并不多的开办经费，购置了简单的办公设备，情绪高昂地干了起来。他们按照上级批准的"企业筹办，政府扶持"方针，与相关企业合作，紧锣密鼓地奔波采访、约稿。报纸编辑成版后，交给深圳特区报印刷厂代印。

　　1988年12月8日，《深圳商报》出版试刊号第一期。之后，又陆续出试刊版。经过征集各方面的意见，报纸定位为综合性经济报纸。办报宗旨是：报道中国改革开放，传播中外重要经济信息，剖析、评估中外经济发展态势，传播现代经济知识与经济管理经验，为中外经济管理与经济决策的人士服务。

　　1989年1月20日，《深圳商报》正式出版发行，报纸为对开4版周报，其以新颖的版面和丰富的经济报道内容，得到读者的关注。

　　这一年的春夏之交，中国发生了政治风波。在这种形势下，编辑部没能把握正确的政治方向，报纸的内容偏离了创办初衷和宗旨，出现了导向性的错误。1989年10月24日，深圳市文委发出通知，指出：《深圳商报》在1989年春夏之交出现错误舆论导向，发表了有严重政治性错误文章。为进一步严肃纪律，经市委、市政府决定，《深圳商报》从即日起停刊整顿。

　　近一年的停刊整顿后，广东省新闻出版局于1990年9月1日下达了《关于同意〈深圳商报〉复刊的批复》。深圳市委组织部正式任命深圳商报社领导班子：高兴烈同志任总编辑，倪元辂同志（深圳市委宣传部副部长兼任）、余日合同志任副总编辑。随后，深圳市委书记李灏，深圳市委副书记秦文俊，深圳市委宣传部部长杨广慧分别对复刊后的《深圳商报》工作给予部署和安排。他们在与总编辑的谈话中强调指出：深圳作为"窗口"，是改革开放的前沿。外国人看中国，就想通过这个"窗口"看中国的动向，看特区给全国提供什么借鉴。因此，办一张以经济报道为主的综合性报纸，是深圳经济特区所处的战略地位和作用决定的。

经过1990年第四季度认真的筹备和试刊，《深圳商报》于1991年1月2日正式复刊。报纸对开4版，周二刊。复刊后的《深圳商报》是市委、市政府在经济战线上的喉舌和舆论阵地，其办报宗旨是"立足深圳，宣传特区，辐射内外，服务经济"。1月3日，深圳市委、深圳市政府办公厅联合发出一号文件《关于〈深圳商报〉复刊的通知》。通知明确《深圳商报》为深圳市政府机关报，正局级事业单位，实行总编辑负责制。1月8日，在深圳市竹园宾馆举行隆重的复刊招待会。市委书记李灏，市委副书记、市长郑良玉，市委常委、常务副市长王众孚，市委常委、副市长林祖基，市委常委、宣传部部长杨广慧，以及专程从外地赶来的全国政协常委、中国公共关系协会会长、原经济日报社总编辑安岗，中宣部新闻局副局长刘国雄，国务院发展研究中心代表岳颂东，新华社新闻研究所所长成一，广东省新闻出版局副局长万炜明等到会祝贺。招待会由深圳市文委主任陈荣光主持。郑良玉、刘国雄等领导同志在会上讲话，对《深圳商报》寄予厚望。出席招待会的有京、穗、港、深各界人士500多人。

2.发扬"拓荒牛"精神 白手起家创业

复刊伊始，办报条件十分艰苦。报社全部工作都是在深圳市上步中路园岭街道办事处的出租屋内进行的。当时，报社租的是这栋楼的一层和七层，面积总共不到300平方米。没有电梯，记者们领受任务，送审稿件，全凭自己的腿脚功夫。有时一个人一天要从一楼到七楼上下七八个来回，没有人叫累；没有空调，大家习惯了挥汗如雨地工作，实在热了就站在大厅的吊扇下吹吹凉风；缺少交通工具，只有一辆"人货两用车"、一辆七座面包车。车少，任务重，采访、接客人、送报纸全离不开这两台车。记者们练就了一副铁脚板和蹬自行车的本领，跑遍了深圳市的各个角落，采写了许多独家新闻。1992年初，报纸复刊一周年，开辟"深圳边界行"栏目。参加深圳边界行采访的记者组成员，率先每人领得一辆新自行车开始沿深圳边界采访。不久，为了彻底解决采访中的交通工具问题，报社决定给一线记者和外勤员工，每人配发一辆自行车。那时新来报到的记者，住的是"团结户"，即几家人合住一个单元。又有来报到且没有租到房的新人，就在已入住人家的大厅里暂住。后来用三合板、黄纸板一隔，大厅一分为二。这样两房一厅的单元住进四家，三房一厅的单元住进五家。

　　《深圳商报》复刊不久，时任市长郑良玉亲临报社，研究报社基建方案。郑良玉（右二）、高兴烈（右一）、余日合（右三）、祁守成（左一）、钟金池（左二）。

当时，外出采访的记者不能按时吃饭，上晚班的编辑也常常因过了吃饭时间而找不到吃的，方便面成了记者所爱。报社领导班子为解决员工后顾之忧，在给每位记者（家）一间租房后，为"团结户"配了电饭煲，保证记者忙碌后回来吃上热饭。这一举措，鼓舞了员工们的创业热情。

报社那时没有印刷厂，只有两台电脑组版机，负责报纸的编辑组版。报纸在出租屋内编辑组版后，存入磁盘，再带到深圳特区报印刷厂制版印刷。虽说复刊时的报纸是周二刊，但是，商报出版日所用的多是当日新闻，所以，工作量一点也不比日报少。编辑记者常常一工作就是一通宵。那时，报社有员工三四十人。条件艰苦，但精神面貌很好，没有人叫苦。他们以"拓荒牛"精神相互激励，以主人翁的姿态投入工作，不计时间，不计报酬，艰苦奋斗，团结奉献。大家想的是如何为深圳商报社的发展尽心，为特区新闻事业的繁荣尽力。他们传承着深圳精神，并结合工作实际，逐渐形成了"忠诚，团结，开拓，求精"的"深圳商报精神"。这种精神，后来成为深圳商报社企业文化的核心内容。

3.出租屋里的"强社梦"

深圳商报社的编辑记者，为着党的新闻事业，热情关注着报社的发展。他们不满足于复刊的运作顺利和已经取得的成绩，常常提起办日报和建设自己报社基地的"梦想"，有人笑说这是出租屋里的"强社梦"。1991年5月间，总编辑召集大家研究未来发展规划，与会人员畅所欲言聊了起来。这个说"报社要有个基地，不能总靠租房办报"；那个说，"要尽快发展成日报，不能总是周二刊吧"；还有人说，"要办一张晚报，一个城市总要有一张晚报吧！"会后社里将大家的意见汇总整理，形成了《深圳商报社五年发展规划》，作为正式文件上报给市委、市政府。

市委、市政府高度重视深圳商报社的发展问题。1991年6月12日，

1993年5月1日,总编辑高兴烈、副总编辑余日合、祁守成、王庭僚、冷鸿文为深圳商报社基地建设奠基。

经市委常委、宣传部部长杨广慧提议,市委副书记、市长郑良玉主持了关于深圳商报社发展与建设问题的专题会议。出席会议的还有市委常委、常务副市长王众孚,市委常委、副市长林祖基,以及市政府办公厅、市计划局、市财政局、市建设局的负责同志。郑良玉市长在会上讲:"《深圳商报》刚复刊,一起步就办得这么好,大有希望。别看她现在小,今后会很大!深圳商报社的发展,就要立足当前,着眼长远,应该按照这个原则来定盘子。"

　　会议经过讨论,同意深圳商报社提出的五年发展规划,即在"八五"期间要把深圳商报社建成与改革开放相适应,有一支具有较高经济理论和政策水平的采编队伍,设备先进、信息灵通的现代化报社,并逐步做到自负盈亏;把《深圳商报》办成在特区内外有一定影响,具有鲜明特色的综合性经济报纸。这个目标分步实施:1991年出周二刊,1993年改出日报,1994年在日报的基础上出一张晚报。建设用地一次性给3万平方米。报社人员编制到1992年达到150人，并根据报社发展需要逐年增加，最后达到400人。

郑市长强调，关于基建问题，总的原则，一是与深圳特区报一视同仁，大体平衡；二是着眼将来，留有发展余地；三是根据生产和生活的轻重缓急，分步建设。6月18日，市政府办公厅根据会议确定的内容，正式下达了《关于深圳商报社发展与建设问题的会议纪要》，为深圳商报社的发展定了向，加了速。

建设集团化、现代化报社，发展新闻生产力

1993年6月，高兴烈率深圳市新闻代表团考察新加坡报业控股公司。在向市委、市政府提交的《考察报告》中提出，新加坡报业控股公司实现了按新闻规律办报和按市场规律经营的有机结合。借鉴他们的经验组建报业集团，实行企业化管理，可以大大促进报业管理向深度和广度进军。报告提出的"加快深圳商报社企业化改造步伐，向报业集团管理目标迈进"，该建议得到市领导的肯定，并要求深圳商报社大胆探索，加快发展。后来，市委在全市文化事业发展规划中又明确提出："积极创造条件，支持和培育深圳商报社走集团化道路"。

1."商报广场"成为报社实力的重要标志

1993年5月12日，在市委、市政府的关心支持下，报社新址——深圳商报广场动工兴建。1994年10月，一期工程胜利完工，印务大楼、单身公寓交付使用。报社编辑部从振华路兰光大厦迁至商报路新址，从此结束

1991年1月至1992年7月，《深圳商报》复刊初期一直租用园岭街道办事处的房子办公，这是深圳商报社园岭旧址。

了租房办公的历史。

报社购置的印刷机也从八卦岭租用的厂房迁入深圳商报广场院内的印刷厂，而且与现代印刷程序配套的电脑组版，激光照排系统、卫星传版系统，以及供墨系统、报纸分送系统等配套设备、设施相继建设完成。随后的几年，报社又先后从美国、德国引进大、中、小型"高斯""罗兰"等世界一流的彩色轮转印刷机，以及相应配套设施。一个现代化的报纸彩印厂渐成规模，报纸的印刷能力跃入"广东省五大报"行列。

为了适应发展的需要，报社先后在北京、上海、武汉、广州、香港、成都、乌鲁木齐、哈尔滨建立记者站，在上海、北京、广州、香港为记者站买下房产，并在这几个城市建立了《深圳商报》代印点。

1999年，深圳商报广场二期工程"深圳商报社大厦"完工交付使用。深圳商报社大厦建筑面积7.5万平方米，是现代化、智能化大厦。大厦建有通讯自动化系统、楼宇管理自动化系统、办公自动化系统、安保自动化系统和消防自动化系统。这座大厦内率先在中国报业建成了"深圳商报社智能大厦千兆以太网络系统"，这一成果获中国报业协会电子技术进步委员会授予技术进步一等奖。大厦内除各类办公室、会议室外，还有国际会议中心、展览中心、培训中心和健身中心。同时，大厦周围还建有9000

深圳商报社大厦于1998年竣工，
这是大厦的夜景。

平方米的花园，花园内草木葱茏、喷泉假山、小桥流水，是员工休闲的好去处。

"深圳商报广场"成为现代化报业的全新体现，使《深圳商报》的发展实力跃上了新的台阶。1997年，"商报广场"被市政府授予"安全文明小区标兵""园林单位""最佳卫生单位"称号，参观者络绎不绝，称赞深圳商报社为"花园式报社"。1999年，"深圳商报广场"承担了中国首届高交会分会场（高新技术论坛会场和新闻发布会会场）任务，共接待中外嘉宾4000人次，举行高新技术论坛和新闻发布会十场。作为"高交会""文博会"的记者驻地和新闻发布中心，"深圳商报广场"每年都迎送来自全国以及世界各国参加会议报道的记者。

2.创办《深圳晚报》，率先打破"一社一报"模式

1992年10月，复刊不到两年的《深圳商报》由周二刊、周五刊发展到日报。与此同时，经营收入猛增，筹办《深圳晚报》提上了议事日程。经市委、市政府领导同意，深圳商报社成立了深圳晚报筹备组，高兴烈为组长，王田良、张汉生为成员。

经过紧张的筹备，《深圳晚报》于1994年元旦创刊，日出4开8版，深圳商报社副总编辑王田良兼任总编辑。

深圳商报社创办晚报，打破了传统的"一社一报"模式，向集团化迈出一大步。报社舍得投入，在技术设备上一步到位，使晚报在高起点上起步：编辑记者从创刊开始，全部丢掉笔和纸，每人必过电脑关。每一个编辑、记者，从写稿、编稿到组版，都用电脑。他们不仅会用小屏幕写稿、编稿，而且都会用大屏幕微机组版，开创了国内编采全程电脑化先河。1994年底，北大方正集团在深圳晚报召开了现场推介会，全国各地来了100多家报社的主要负责人。中科院院士王选认为：《深圳晚报》实践意义非常大，代表了报业发展的方向。这件事，在国内外中文报纸中堪称"世界第一"。

　　《深圳晚报》内容面向社会，面向家庭，贴近生活，贴近群众，"飞入寻常百姓家"。《深圳晚报》版式新颖独创，图片丰富多彩，文章短小精悍，做到了大雅大俗。不仅报纸品位高、格调高，而且通俗易懂、平易近人，机关干部、白领、普通市民、打工一族都喜欢看。时任深圳市委书记厉有为在接受记者采访时指出，《深圳晚报》创刊，使深圳报业结构更加合理，是特区新闻事业兴旺发达的标志。

　　《深圳晚报》和《深圳商报》配套发行刚一面市，就冲上了19万份，达到《深圳商报》三年攀登的基数。创刊不久报纸刊发了一系列有震撼力、有亲和力的报道，在市内外声誉日隆。创刊当年10月中旬，在杭州召开的全国晚报年会上，《深圳晚报》同《钱江晚报》《扬子晚报》《武汉晚报》一起被誉为全国晚报界"新四小龙"。

3. "借船出海"，精心打造"媒体群"

　　为了增强报业实力，进一步向集团化发展，复刊五年的《深圳商报》有了大手笔的举措。

复刊初期，本报只有这两台车：一台人货车和一台破旧的面包车。1996年，这辆人货两用车仍在"服役"，而面包车却已退出历史舞台。

深圳商报社的编采用车已今非昔比。复刊5年来由两台增加到30多台。这是1996年崭新威武的深圳商报社车队方阵。

　　其一，1995年，《深圳商报》扩为12版后，与香港《大公报》合办《大公报·深圳新闻》版。版面内容在深圳商报社编辑完成，传版到香港《大公报》，随香港《大公报》印刷出版发行。这种形式在国内报界属首创，是"商报人"敢闯、敢试的又一成果。新华社香港分社社长周南和深圳市委书记厉有为分别题词表示祝贺。深圳市委副书记、市长李子彬在撰文祝贺时写道："香港《大公报》与《深圳商报》此次携手合作，不仅创造了深港媒介合作的新形式，合办《深圳新闻》（拓展版），而且，这是广东省唯一一家参与《新民晚报》（美国版）编采业务合作的报纸。"《深圳晚报》以每月一期专版的形式，向美国华人社会报道深圳新闻，宣传了深圳在两个文明建设方面的新成就，以及日趋完善的投资环境、旅游环境。深圳市委副书记、市长李子彬为此做指示：介绍深圳，增加了解，增进友谊，促进合作。这是继《深圳商报》与香港《大公报》合办《深圳新闻》专版后，又一个"借船出海"的举措。

其二，对《企业市场报》（后更名为《深圳都市报》）进行改版，重新定位。经广东省新闻出版局批准，湛江《企业市场报》从1998年起正式加盟深圳商报社，成为深圳商报社系列报刊之一。原来由广东省湛江农垦局、茂名农垦局合办的《企业市场报》具有40多年历史。这种联办跨市报纸的举措，在广东省尚属首例。《企业市场报》作为《深圳商报》的补充和延伸，"为企业找市场，为大众找精品"，改版后，逢周四出版8—16版，以崭新的面貌与读者见面，受到好评。

其三，精心经营《焦点》《深圳特区科技》《深圳画报》杂志，开办深圳新闻网。1998年下半年，加盟深圳商报社的《焦点》杂志全面改版，分为：社会、经济、生活、人物、文化、科技六大板块。《焦点》杂志由过去面向白领阶层改为面向大众读者，以"聚焦天下热点，反映民众呼声，披露背景新闻，鞭挞假丑恶劣"为办刊宗旨，全面贴近读者，走近市场，走向全国。深圳商报社与深圳市科技局合办的《深圳特区科技》在1998年下半年改版。该杂志以"探索科技奥秘，传播科技知识，建设科技社会，塑造科技人生"为办刊宗旨和编辑方针，一改过去科普杂志单一传播知识的做法，将科技知识融入对社会各个层面的报道中。开设了"封面故事""科技新潮""家庭科技""前沿产品"等栏目。深圳商报社与市新闻出版局合办的《深圳画报》改版后，读者喜闻乐见。同年9月，深圳商报社正式开办深圳新闻网，即深圳综合性新闻门户网站，成为传媒市场上一支重要的生力军。

其四，在深圳火车站广场建成"深圳商报电子信息屏"，每日滚动播放深圳商报要闻和市委、市政府公益广告，为集团化填补了"空缺"。还与国家体育总局合作创办"中国奥运会新闻中心"，与陕西日报社合办《新闻知识》杂志等。

经过复刊后8年的努力，深圳商报社打破了传统的"一社一报"模式，精心打造了深圳商报社的媒体群，成为既有印刷媒体又有电子媒体，既有新闻媒体又有新闻发布中心的集团化报社。

4.建设"企业群"，进行股权管理

深圳商报社在短短的9年时间里，就打造了"一业为主、多种经营"的"企业群"，共有报社全资、控股、参股的具有独立法人资格的企业10家，其中全资和控股公司8家，参股公司2家。在管理体制上，走股权管理之路，分为三种类型。第一是全资公司，如印务公司、明天形象策划公司等，报社法人代表即总编辑将经营授权各个实体，把法人财产权与经营自主权分离变成委托授权的关系；第二类是控股公司，如国门广告公司，报社占有60%股份，并派人经营；第三类为参股公司。以上三种公司，虽然资金所有形式不同，但共同的一点就是面向市场，参与市场竞争。报社对这些公司按照《公司法》对其股权进行管理。在各个经济实体中，实行经理（厂长）负责制和目标管理责任制。这些企业都取得了骄人成绩，如：印刷厂的印报质量，在全国省级、计划单列市报纸评比中名列前五名；明天形象策划公司获全国十佳策划公司，等等。

深圳商报社崛起三基点
政治家办报 企业家经营 创业者开拓

一进深圳商报社大厦大厅，正中迎面一座汉白玉大型浮雕"世纪交响"赫然醒目；对面大理石墙上有"政治家办报，企业家经营，创业者开拓"十五个大字，这是深圳商报社崛起的三基点。

1.坚持正确的办报原则

复刊后的《深圳商报》，牢牢把握正确的办报方向，始终坚持正确的舆论导向。为了坚持办报方针，做好党和政府在经济战线上的耳目与喉舌，报社及时制定了《关于宣传纪律的十条规定》《关于禁止"有偿新闻"的八项规定》等系列规章制度。强调"无条件与党中央保持一致，决不允许发表与中央精神相违背的言论"。

为了落实"政治家办报"，深圳商报社编委会确立了"顶天立地"原则。"顶天"（在思想上、政治上与党中央保持一致）"立地"（深深扎根于人民群众中，贴近实际，贴近群众，贴近生活）的共性，与"一特"（经济特区）"二商"（市场经济）的个性，将报纸办成深圳经济特区具有权威性、实用性、可读性的大型日报，定位为"以经济报道为主同时兼顾社会发展和政府关注的各项工作的开放型、多功能、综合性报纸"。

对党的十五大报道的"三部曲"就体现出政治家办报的眼光。第一部曲促进"学习到位"。会前推出《更高地举起邓小平理论的伟大旗帜》等5篇特约评论员文章。会议召开后，开设"学习党的十五大报告"系列讲座，针对改革开放中需要解决的12个问题，发表12篇特约评论员文章，一题一评。第二部曲是联系实际，推出系列调查，确保"宣传到位"。第三部曲推出系列精品，推动"贯彻落实到位"。围绕"高举伟大旗帜，创造深圳辉煌"的主题，做了深化改革、扩大开放、辐射内地、深港合作、国企改革、高新科技、国际性城市建设、精神文明建设等 8 个专题报道，进而引导全市人民投身二次创业，再创深圳辉煌。

《深圳商报》一个很大的特点，就是能够以政治家的眼光，成功策划各项报道。1998年，围绕深圳市委召开二届八次全会，深圳商报社认真组织和精心策划，从7月6日开始，在一版推出了贯彻市委全会精神的9篇系列评论，从一论《关键是落实》，二论《发展是根本》，直到九论《把领导班子建设好》。根据这次会议提出的高新技术、市容市貌、社会治安、领导班子等四个新变化的要求，又分专题开辟专栏，刊发典型，采用多种形式进行报道，达到一定深度。这年党的十五届三中全会期间要闻版面的安排：10月12日开幕的当天，围绕全会主题，推出了题为"探索社会主义新农村之路"的通讯。同时，精心选择配发画面上有"增创新优势，更上一层楼"大幅宣传牌的深圳市中心区的照片。会议第二天，针对有的人对深圳会不会成为"畸形经济巨人"的疑虑，版面推出《浩气满鹏城》的通讯。这篇通讯用生动的事实告诉人们，深圳的物质文明上去了，精神文明建设也上去了，真正体现了"两手抓、两手都要硬"，很有说服力。到了会议最后一天，报纸发表《深圳前9个月国内生产总值增长14%》。这是一篇反映深圳抗击亚洲金融风暴、确保国民经济增长的消息，鼓舞人心。时任省委副书记、市委书记张高丽从北京打来电话表扬《深圳商报》："政治意识强"，"体现了政治家办报，抓问题很尖锐。综述写得好，照片也选得很精心，很自然地带出了'增创新优势，更上一层楼'的意思。中央委员们都能看到《深圳商报》，他们对深圳很关注。"

2.奋起两翼，办报和经营齐跃进

在新闻界，有人把深圳商报社的崛起，称为"商报现象"。"商报人"的体会是：

第一，用企业家的思维方式探索报业经营的新路子。比如广告经营中，经常遇到的问题是：一方面企业有好的产品，但广告投放能力不足；另一方面，报纸却存有闲置的广告版面，造成了浪费。主管经营的编委高英杰当时提出"广告经营与实业创收"相结合的思路。准备采取包品牌策划、包广告投入、包销售代理的方式，把报纸的广告版面"经营"起来。首例是来自某公司的房地产广告的新尝试。报社先不收广告费，直接投入广告进行楼盘推介。楼盘售出之后，报社按合同在销售额中从开发商那里提取一定比例的广告费。这样做也是有风险的，有争议的：万一广告费收不回，岂不是"赔本赚吆喝"吗？编委会反复论证，最后达成两点共识：（1）搞经营就不要怕担风险，出了问题由编委会负责；（2）为了规避风险，广告部必须充分做好市场调查，对楼盘的地段、质量、价格和营销前景以及开发商的实力与信息，作出充分的论证。这样，经营人员士气高涨，干劲十足，首战告捷，实现了报社、开发商的双赢。

思维方式调整了，经营管理科学了，广告人员的手脚放开了。特别是随着报纸质量的提高，发行量扩大，广告营业额连创新高。报社的总收入，1996年突破亿元大关，后来连续三年每年都以亿元以上的速度增长。1998年，广告收入达到3.38亿元。

报社还积极探索"报邮结合，自主发行"这样一种新的模式。既保持"邮发"所具有的全国邮政网络健全、稳定的优势，又吸收了"自办发行"所带来的投递质量高、发行费率低的长处。经过报邮双方部门

深圳市邮电局与深圳商报社联合发行，取得丰硕成果。1998年度联合发行总结表彰大会上，报邮双方互赠礼品。

间、总编辑与局长间反复谈判，双方本着"各退一步让利，共进一步双赢"的原则，促成了真诚合作。邮局首先摒弃了一向沿用的"交邮发行"的合同，代之以"联合发行合作协议"。平等协商的协议，明确了双方的合作伙伴关系，同时，还对原有的邮发改革达成共识，对改革的目标做出规定。即：在经营手段上，应该达到和自办发行同样的灵活度；在服务水平上，应该达到和自办发行同样的满意度；在发行费用上，应接近自办发行的总额度。根据这一约定，报邮双方联手协作，以邮局为主，报社协助，共同参与征订。开办了预约征订、跨区订阅、上门收订、现场收订、分期订阅等新的服务项目。经邮电部邮政总局批准，在深圳市邮电局率先推行"异地订阅"《深圳商报》的试点。报邮双方联手向社会作出"奉献一流报纸，提供一流服务的七大承诺"，包括：办好报纸、出早报，早送报、送准报，免收15%投递费，免收延伸服务费，免收特需服务费，发现差错当班补投，公布投诉电话，受到读者的热烈欢迎。关于发行费，邮局将原来《深圳商报》《深圳晚报》32.5%～45%的五种费率统一调低到29%，而报社则对邮局达到上一年度发行总量之后的超订部分给予重奖。这样就形成了一个"让利订户，成果共享，优质服务，报邮同心"的良性循环。报邮联合发行后，《深圳商报》发行量大幅度增长。1998年，深圳市内比上年增长71.2%；全国各地比上年增长5.8倍，且达到国内2348个县市，县县有订户，市市有增长。

　　1998年2月3日，《新闻出版报》在《难能可贵的联合》短评里说："邮政系统具有点多、线长、面广、网络覆盖全国的特点。新中国成立50年来，一直是我国报刊发行的主渠道，具有其他发行渠道不可替代的优势，为我国报刊事业发展作出了不可磨灭的贡献。但是，在社会主义市场经济发展条件下，邮发渠道管得过紧，办得过死的问题越来越突出。自办报刊发行具有灵活、方便的优势，许多报刊社在自办发行中积累了雄厚的实力，探索到了报刊与市场接轨的可贵经验，为新时期我国报刊业的大发展立下不可磨灭的功劳。但是这种方式也有明显不足，即缺少辐射全国、遍及农村的网络，要想进一步发展困难重重"。"要满足人民群众对报刊日益增长的需求，首先要有新的报刊发行体制出现。'报邮联合发行'正是在这种大背景下出现的新体制。"

深圳商报社在探索"报邮联合，自主发行"新路的同时，成立了"深圳市联合报刊发行公司"，组建队伍，建立全市发行网络，提高了报纸投递质量，降低了发行成本，收到了经济效益。

第二，把企业家的思维方式运用到报业经营当中去，建设高素质的经营队伍。现代化的报社既是一个舆论阵地，又是一个经营领域，既要抓住报纸不放，又要抓住经营不丢。在计划经济体制下，报社除采编人员、管理人员、印刷人员以外，可以说很少有几个经营人员，形成了重采编轻经营、采编队伍大经营人员小这样"一重一轻、一大一小"的队伍结构。报社编委会认真转变思维方式，提出要用企业家的思维方式研究经营、服务经营，要求全社员工都要有一种经营意识，用市场经济的观点，用经营工作的特有规律，对待经营工作和经营人员，对待他们的成功和挫折。全社出现了重视、理解、支持经营工作的可喜局面。随着思想认识转变，经营队伍也经历了从小到大的过程。办报和经营队伍结构逐渐开始改变，出现了"并重""齐飞"的局面。有了经营意识，有了经营队伍，又有了正确的经营策略，经营工作步入了健康的发展轨道。

第三，报社在实行企业化管理过程中，积极推进目标责任制。目标是计划、分工、授权和一切管理工作的基础。目标必须是明确的，是可以考核的。一个根本无法实现的目标，会挫伤执行者的积极性；而一个轻易可以实现的目标，又会助长执行者的惰性，失去目标责任制的动力。广告部的目标责任制就是典型一例。商报复刊时，一年广告收入只有几十万元。经过几年的努力，到1999年突破3亿大关，广告额增长了71.6倍。广告经营的快速发展，除了报纸本身质量好，影响大之外，在目标责任管理方面，报社主要做了这几个方面的工作：一是有了一个既懂报纸又懂经营的广告领导班子；二是建立激励机制，把目标落实到人，实行效益工资，奖金和目标挂钩；三是加强广告质量管理，提高广告设计水平，购置60万元电脑设备，实现了广告管理、策划、经营、设计电脑化，进入全国先进行列；四是加强组织策划，开拓广告市场。目前，广告效益几年来始终稳居全国报业前列，成为全国60家受国家工商管理总局监测的广告媒体之一。TCL、菲利普等130多家国内外知名品牌已经成为《深圳商报》的稳定的客户群。

3.探索和创新十大管理机制

第一，系统化的运作机制。参照新加坡报业控股经验，结合我国实际情况，报社编委会反复研究，提出整个报社分为五大系统：A.核心报和系列报刊采编系统；B.报章服务系统；C.市场促销（报刊发行）系统；D.报业经营系统；E.人事、财务等直属管理系统。这是组织机构及其职能的系统化。其次是核心报与系列报刊相互关系和相互

"八方儿女，会集南疆，倾心传播特区之光，热血谱写崭新篇章……"
我们深圳商报人唱着嘹亮的歌声，迈向新世纪。

运作的系统化。

第二，集约化的经营机制。其一是对报业经营中兴办的企业（包括全资公司、控股公司、参股公司），按《公司法》实行股权管理；其二是闯出广告创收与实业经营相结合的新路子。1995年11月，深圳商报社联合《北京日报》等10家省市报社的经济实体，组成"报人（联合）营销有限公司"，提出"联合媒介，营造品牌"的经营观念。这样，报社通过联合营销客户品牌创造经济效益，达到了双赢效果。后来，又有省内外上百家地方报社加盟。

第三，有序化的竞争机制。通过竞赛、评比、竞争上岗等形式，在采编队伍、经营队伍、管理队伍、印刷队伍中，激活人的才智，提高团队水平。

第四，绩效化的激励机制。包括合理分配和榜样激励，使全员的积极性和创造性得到最大发挥。

第五，制度化的约束机制。主要是抓了两个"到位"；定章立制到位，全方位监督到位。

第六，标准化的质量机制。围绕六个方面的质量（政治质量、信息质量、文化质量、出版质量、广告质量、发行质量），定出检查制度和细则，加强对细节的评比和挑错，找出差距。

第七，优选化的人才机制。其一是构建人才脱颖而出的环境；其二是实现人才群体结构的合理化，以求"1+1>2"的互利、互动、互促效应的实现。

第八，群体化的文化机制。

第九，规范化的创新机制。

第十，科学化的决策机制。

十大机制的形成和创新，大大解放和发展了新闻事业自身的生产力，为探索集团化、现代化之路奠定了坚实的基础。

1998年7月，中宣部副部长徐光春到深圳商报社考察。他详细询问了有关采编、经营、发行以及采编队伍建设情况，对报社的发展给予了高度评价并寄予厚望。当他了解到报社已经形成媒体群、企业群、建筑群，经营收入和发行量大增时，他说："你们是没有挂牌的报业集团。"

"发展才是硬道理。"在艰苦条件下创业，在创业中不断求发展。经审计，从1991年1月复刊到1999年11月底，9年间，报社资产总额增长210倍，广告额增长809倍，发行量增长105.5倍，实现利税增长160倍。一个集团化、现代化深圳商报社，崛起在莲花山下、新洲河畔。一个曾经停刊整顿，鲜为人知的周报，迅速崛起，被全国新闻界认为是创造了中国报业史上的"深圳速度""深圳效益"。

本文原载《深圳商报通讯》2010年第5期，后收录《鹏城报事》一书。文中数字、地名、人名以及人物职务和职称等信息均以当日信息为准。照片由《深圳商报》资料室提供。

"报业先锋"的"史志"

——《鹏城报事——深圳商报社创业档案》启示录

1月2日，是《深圳商报》复刊25周年纪念日。报社编委会把编辑出版《鹏城报事——深圳商报社创业档案》（简称《创业档案》）作为"报庆"礼物，奉献给新闻界朋友和广大读者，是一件很有意义的事。

2000年10月，人民出版社出版《报业先锋——百家地方报社管理先进单位巡礼》，深圳商报社名列其中，并作为一家"坚持正确导向、管理到位、队伍精良、经济增长点多、社会影响广泛的新闻单位"，被称为"报业先锋"。《创业档案》回答了"报业先锋"是怎样炼成的。

习近平总书记指出："历史是最好的老师，它真实地记录下每一个国家走过的足迹，也给每一个国家未来的发展提供启示。"一个国家如此，一座城市、一个单位也不例外。

《创业档案》是由原汁原味的史料编织成的深圳商报社"史志"。它翔实生动地记录了从《深圳商报》筹备复刊到深圳商报社大厦启用的创业史。短短10年，深圳商报社就由仅有几十万元资产的对开4版周报社发展成拥有"3群"（以3报4刊2海外版1网为主的媒体群，以占地3万平方米、建筑面积10万平方米的报社大厦及其广场为主的建筑群，以实行股权管理的10家公司为主的企业群），总资产超10

亿、品牌价值30亿的现代化、集团化报社，跻身"广东5大报""全国报业10强"行列，被称为"创造了中国新闻史上的深圳速度、深圳效益"。《深圳商报》一纸风行，覆盖全国100%的县市和港澳地区以及20多个国家，可以说，在国内外都有了一定的影响。这部书是在我国新闻出版改革不断深化、社会主义市场经济理念日益深入人心、报业呈现勃勃生机的条件下的产物，是深圳商报社新闻工作者锐意进取、开拓奋进的成果展示，也是深圳特区全面改革开放并硕果丰盈的一个缩影。回望历史，可以启迪我们鉴昔知今，开创未来。

《创业档案》约90万字。主要章节有"通知批复""创业历程""铿锵脚步""总编论语""采编札记""品牌精选""激情岁月""丛书序言""通联四方""读者心声""八方寄语""友好往来"等。在这里，人们可以看到省委、中宣部、全国记协等领导同志的殷切勉励，可以看到市委、市政府主要领导对办好报纸的系列指示，可以看到历届总编辑的新闻业务、报业经营实证性研究成果，可以看到商报人艰苦创业的坚实步履，可以看到编辑、记者对贴近实际、贴近生活、贴近群众的执着追求，可以看到报社和广大读者的深情厚谊，还可以看到全国新闻界的知名人士和新闻媒体对报社的评价和寄语。

这一切，彰显出深圳商报社创业的九大亮点。

亮点之一，党的坚强领导，引领报社崛起

市委、市政府关于创办和复刊《深圳商报》的决策，是特区报业发展的原动力。复刊后的《深圳商报》怎么办？历届市委、市政府主要领导都给予明确指示。时任深圳市委书记李灏强调，"《深圳商报》要深入宣传党的经济工作的方针、政策，成为党和政府在经济战线的喉舌舆论阵地。要闯出一条路，办一张成功的报纸。"在指方向的同时，还要及时解决报社发展中的实际问题。早在《深圳商报》复刊仅5个月时，时任深圳市委副书记、市长郑良玉就主持报社发展和建

设问题专题会议，批准并推进《深圳商报社五年发展规划》，为报社的集团化、现代化奠基加油。

亮点之二，把握办报方向，促进特区发展

《深圳商报》从"站起来"到"强起来"，始终坚持正确的舆论导向，做党政声音传播者、特区改革开放促进者。坚持"立足深圳，宣传特区，辐射内外，服务经济"的定位，做"特"字文章，写"商"字报道。报道基调以正面报道为主，"团结、稳定、鼓劲"，高奏改革与发展的主旋律，激励创新驱动，推动特区经济发展。报社编委会把"政治家办报"作为立报之本，当好党和政府的耳目喉舌，架起领导机关与市民沟通的桥梁。"总编论语"一章中，几位总编辑都从理论和实践的结合上阐述了这个问题。高兴烈同志的论文《论总编辑在舆论导向中的作用》荣获"中国新闻奖"。

亮点之三，创建商报文化，建设人才队伍

文化是构成一个组织、一个群体的基本要素，有"灵魂""软实力"之称。建立文化理念、营造文化环境、形成文化氛围、塑造文化形象、提升文化品位，这五个方面是报社探索个性化媒体文化的经验总结。抓文化建设，激发了全体从业人员的积极性和创造性，落实了"忠诚、团结、开拓、求精"的商报精神。"商报文化"的提出，先人一步，既有理论研究，又有实践探索，彰显出商报人的"超前眼光"。在队伍建设上，从育人、识人、用人三个环节入手，全面考核，放手锻炼；在实践中，坚持"脚板底下出新闻"，引导记者深入基层，深入实际，写出好作品。记者把作品视为"记者证""身份证"。事在人为，人在人领，班长带领一班人，开拓创新，多谋善断，求真务实，真抓实干，闯出了一条办"名报"、创"强社"的新路子。路，是创出来的，成功之路，在勤奋中缩短。

亮点之四，群策群力创新，打造特色品牌

"激情岁月""品牌精选"两章中，收入大量一线记者的采访体会。报社编委会带领记者刮"头脑风暴"，聚智创新搞策划，亮出了一系列"高招"。以改革开放为主题的"八论敢闯"、三论"特区还要特""深圳社会主义市场经济体系的基本框架十大体系"等，还有"深圳发展战略""怎样做个深圳人"等六次大讨论。骑自行车采访"深圳边界行"，接下来是"山区百村行""南粤市县行"等等。短的一个月，长的一年，行程几千公里，几万公里，发稿1万字、10万字、30多万字。这些创意，既锻炼了队伍，又打造了报纸品牌。

亮点之五，强化管理机制，助推报业经营

在市场经济条件下，一个新闻单位作为独立的实体，必须"两手"抓，一手抓报纸质量，一手抓经营管理。中宣部新闻局首肯深圳商报社创出的发展新闻生产力的"六大机制"：系统化的运作机制、市场化的经营机制、有序化的竞争机制、规范化的激励机制、制度化的约束机制、优选化的人才机制。并指出，这些经验有新意、有创见，对同行有普遍借鉴意义。创新驱动助推了报业发展，1999年底与复刊前相比，《深圳商报》的发行量增长105.5倍，广告额增长809倍，总收入增长1355倍，实现利润增长160倍，资产总额增长210倍。

亮点之六，切实加强通联，乐做读者好友

报纸是办给读者看的，要心系读者，与读者互动。报社编委会把"通联工作"列入日程，设立专门机构，建立通讯员队伍，每年一次总结表彰大会。报纸设立"读者大会"专版，反映读者心声，改进报纸工作。通讯员通过培训，提高写作水平，与报人建立了亲密的朋友关系。读者说："《深圳商报》赋予我知识和力量，我对《深圳商报》情有独钟"。《创业档案》作为史料，也收入了部分中央新闻单

位报纸、杂志和新闻界的专家、学者对《深圳商报》《深圳晚报》的报道和评价。1998年1月，《深圳商报》复刊8周年之际，广东省新闻工作者协会、广东省新闻学会和广东省报业协会联合发来的贺电，就是有代表性的一件。贺电说："深圳，是我国改革开放的一方热土。植根于这方热土上的《深圳商报》，作为市政府机关报，自她复刊之日起即以不同凡响的姿态，出现在中华大地报业之林，为国内外新闻同仁所关注，受到千百万读者的欢迎。你们的一股干劲和敬业精神，在市委、市政府正确领导下，艰苦奋斗，努力工作，使年轻的深圳商报社年年都有新飞跃，年年出现新面孔。如今，《深圳商报》已成为一份有特色、有影响的大型综合性日报，并且同深圳商报社主办的《深圳晚报》等系列报刊形成了今日特区新闻界又一道亮丽的风景线。"《新闻出版报》也在1999年9月22日报道中称，深圳商报社"创造了报业奇迹"，"树起了一座崛起丰碑"。

亮点之七，创办系列报刊，繁荣新闻事业

深圳商报社的崛起，是一个不断发展、不断提高、不断创新的过程。报纸复刊后，质量不断提高，发行量不断上升，广告越来越多，知名度越来越大，也为报社的发展奠定了基础。10年间，深圳商报社在创建现代媒体机制方面，实现了历史性的跨越。一是改单一为多样，二是改分散为集约，实现多媒体共同发展。

《深圳商报》复刊时为对开、周二刊。3年之内改出日报并扩为8版、12版、16版。1994年元旦创办《深圳晚报》，日出4开8版，跻身全国晚报界"新四小龙"。两报分别和香港《大公报》、上海《新民晚报》合办"深圳新闻版"，借船出海宣传深圳；湛江《企业市场报》、深圳《焦点》杂志、《深圳特区科技》《深圳画报》随之加盟；"深圳商报电子信息屏"1992年7月27日正式开播；1996年2月28日由深圳商报社和中国奥委会新闻委员会合作创办的"深圳奥委会新闻中心"挂牌成立；1995年9月，深圳商报与深圳广播电台合办"商报

直播室"专题节目开播；1998年8月深圳商报社与报人营销有限公司联合创办新闻培训学院；1998年8月"深圳商报社经济研究所"成立；1998年9月10日，由深圳商报社主办的"深圳新闻网"正式成立，发布域名进入国际互联网；1999年元旦，深圳商报社与陕西日报社、陕西省新闻研究所联合主办《新闻知识》杂志。这样，《深圳商报》复刊后提出的五年规划中，要建设一个由多个媒体组成的媒体中心的任务，提前实现了。

报社建成了既有日报，又有晚报；既有报纸，又有杂志；既有报纸媒体，又有电子媒体；既有国内出报的报纸，又有海外出版的专版；既有各种新闻媒体，又有新闻中心、新闻培训学院、经济研究所。从"一社一报"发展到"一社多报"再到建成多个媒体共同发展的媒体中心。商报人在创新路上，向改革延伸，向创新发力，这就是创业10年的体会。

亮点之八，建立规章制度，规范行为准则

科学管理是一门学问。一个报社的领导班子必须具有卓越的领导能力和科学的管理方法，通过严格管理，建立起良好的工作、生活秩序。深圳商报社在创业过程中，从宣传纪律、队伍建设等九个方面制定出205项规章制度，累计43万余字。"深圳商报精神"作为"报魂"，编入《制度汇编》的"首章"；"宣传纪律、职业道德"入编的14项规章制度，成为队伍建设中铁的规定；编辑出版工作5万余字的40项规章，从采到编，从编到印，处处有章可循。还有"报业经营""财务管理""人事管理""档案管理"等方面都有各自的规章制度。制度面前强调一个"严"字，从领导到员工，一严到底，没有"特殊"，该奖则奖，该罚则罚，制度面前，人人平等。规章制度是科学的决策、智慧的产物。用制度管人，管出了好队伍，用制度管物，管出了好产品。好队伍+好产品=好单位。

亮点之九，心血赢得荣誉，价值启示未来

深圳商报社10年创业不寻常。报社同仁作为深圳新闻界的拓荒牛，认真做事，诚实做人，励精图治，向成功迈进。有众多作品获得市、省和全国新闻奖，有众多个人荣获市、省和全国荣誉称号，如中国新闻奖一等奖、全国总编辑慧眼奖、全国报业经营管理先进工作者等。深圳商报社荣获"深圳市先进单位""深圳文明单位""全国地方报社管理先进单位"等称号。这正是丹心翰墨铸报魂，南国报苑展奇葩。

综上所述，全书的九大亮点，归纳起来就是"政治家办报，企业家经营，创业者开拓"商报崛起三基点。这"三个基本点，是立报之本，兴报之基、强报之源。"

《鹏城报事——深圳商报社创业档案》最大的价值在于历史性，它书写的是创业，折射的是精神。智慧开创辉煌事业，品德抒写壮美人生。书中的人和文章一样纯真，字里行间渗透着境界之歌。

编完《鹏城报事——深圳商报社创业档案》全部稿子，心中有一种激动，有一种振奋。在这里，可以触摸到深圳商报社阔步前进的坚实步履和飞速发展的脉搏跳动……那一章章创业史，有奋斗的艰辛，有成功的喜悦；那一幅幅改革蓝图，几多豪情，几多憧憬；那一项项规章制度，凝聚多少经验、智慧。相信它会给新闻界同仁带去启示，带去鼓舞，增添奋进的勇气！

本文原载《深圳商报》2016年1月5日，合作者王庭僚。文中数字、机构名称以及人物职务和职称等均以当日信息为准。

1996 年 11 月，广东省报业协会组团对欧洲六国报业发展进行考察学习。

学习笔记

研讨班第一课

——温济泽教授谈新闻真实性原则

参加社科院研究生院举办的编辑业务高级研讨班，已是一年前的事了。记得十多天的业务学习研讨安排得紧紧的，许多新闻界的老师都赶去做了学习指导。其中，温济泽教授关于新闻真实性原则的那节课，给我的印象最为深刻。

中国社会科学院研究生院前院长温济泽，当时已是78岁高龄。他那天是拄着拐杖，在家人的搀扶下来到课堂的。到了课堂上，一见到新闻界的这些年轻的朋友，温老师仿佛年轻了许多。他思路开阔，言谈幽默，声音洪亮。一上午3个多小时的课程，他居然没有一刻歇息。

温济泽是延安时期《解放日报》工作的老一辈新闻工作者。解放战争后，他又调到新华总社口头广播部（延安新华广播电台编辑部）工作。他向我们介绍说，当时的延安新华广播电台以国民党统治区听众为对象。"那时，广播电台编辑部的编辑与听众之间的通信联系是被割断的，但是我们电台编辑部能够时刻想着听众，千方百计通过各种渠道了解情况，努力在广播中反映和表达国民党统治区人民大众的要求和呼声，使国民党统治区人民深切感到，延安新华广播电台不仅是他们'指路的灯塔'，而且是为他们说话的'人民讲坛'"。

在讲到延安整风和《解放日报》改版这段历史时，温济泽讲，"延安整风的最重要成果，是在全党确立了实事求是、一切从实际出发、理论联系实际的思想路线。"他说，"把马克思主义基本原理同中国革命的具体实践结合起来，这是从建党开始时就确定的方针。我们经历了一次次成功和失败，走过了一条漫长曲折的道路。到了延安整风时期，达到了成熟。回顾历史，我们充分认识到了这条实事求是思想路线的得来，是何等的不易！"

延安整风后期，陆定一同志写了一篇题为《我们对于新闻学的基本观点》的文章，把实事求是的思想路线贯穿到新闻学理论当中。文章指出，新闻的本源是事实；新闻工作者必须尊重事实，无论在采访或者在编辑中，都必须尊重客观事实；新闻报道必须真正忠实于事实。温济泽回忆，在延安，经过整风，《解放日报》向壁虚构的新闻找不到了，每条新闻都是实有其事的。但是仍然还有分寸上夸大、数字上夸大的毛病；还有用写小说的"集中典型"的手法写通讯的毛病；也有对抗战成绩和建设成绩宣传不足的毛病。在不断克服这些缺点过程中，终于确立了新闻报道必须完全真实的原则，这是延安新闻界整风的一大收获。

"我们的力量在于说真话。"这是列宁的一句名言。讲到老一辈新闻工作者如何坚持新闻真实性原则时，温济泽说，战争期间，我们的报纸和广播有过一个规定：缴获敌军多少枪炮弹药，都要如实通报，一支枪就是一支枪，绝不多报。我们严格执行这个规定，产生了很好的影响。当时国民党军队里，很多人都听我们的广播，两相比较，他们觉得，国民党的广播常常把打败仗说成是打胜仗，结果使他们吃了大亏；而延安的广播是真实的，能够帮助国民党里的人了解战争的真实情况。在人民解放军大举反攻以后，常常遇到这种情况：打下一个敌军司令部或指挥部，那里面往往有人在抄收陕北新华广播电台的广播。问他们为什么？他们说，我们被打死打伤和被俘虏了多少人，被缴了多少枪炮坦克，自己也搞不清楚。南京政府又要这个情况，我们只有靠陕北的广播才能弄清楚。可见对我们广播的信任。当时，放下武器的国民党军军官都听过陕北的广播。他们许多人都是从收听广播中了解到人民解放军的作战宗旨和优待俘虏的政策，才下决心放下武器的。由此也可以看到真实报道和说真话的威力。

温济泽教授对新一代新闻工作者寄予深切的希望。他说，当时解放日报社的整风，集中代表了当时中央新闻单位的整风。《解放日报》在整风中形成的作风和传统，是今天我们新闻界应当继承和发扬的。今天，新闻舆论工具联系群众的路子畅通了，方法也非常灵活多样。报纸有着上百万上千万的读者，广播和电视的听众、观众，恐怕要数以亿计。我们怎样才能充分反映各条战线上人民创造的业绩呢？怎样才能满足人民想了解各方面新闻的要求呢？怎样去解答人民迫切关心的各种问题呢？

他说，我们正在致力于建设有中国特色的社会主义。我们的中心工作是经济建设，全国人民最关心的也是经济建设。然而我们新闻工作者是否把情况全面地完全真实地做了报道呢？在经济建设发展的同时，对民主法制建设和科学、文化、教育事业等等又报道得怎样呢？我们不仅要向人民如实地报道一时一地的某一件事情，还要经常帮助人民了解真实全面的情况。只有如此，才能取得人民的信任。

时隔一年，温济泽老师在课堂上那充满激情的一句接一句的问话，至今仍然时时敲打着我们的心。延安整风教育了一代人。这一代人，参加了把黑暗的旧中国改造成光明的新中国的伟大斗争。如今，仍然奋斗在新闻战线第一线上的人已经寥寥无几了。从温济泽教授那无限深情的寄语和热切的企盼中，我看到了老一辈新闻工作者的耿耿丹心。他们正期望着新闻界的一代新人，肩负起时代的重任，在未来的征程中，把中国从一个发展中国家建设成一个伟大的发达国家，屹立于东方，屹立于世界民族之林。

任重道远，需要努力奋斗。

本文原载《深圳商报通讯》1994年第一期，文中数字，机构名称和人物职务等信息，均以当日信息为准。

夜班编辑常遇到的几个问题

——与总编室编辑和记者站记者一席谈

驻地记者，是我们报社派往地方上的常驻记者。报社完全是为了加强报纸同当地党组织和群众的联系，及时反映当地新闻，报道当地各方面工作设置的分社和记者站。尽管有的记者是经过报社考核聘用的当地的资深记者，但就身份而言，他们是报社派出的记者。

驻地记者要时刻记清我们办报的宗旨和特色。《中国城乡开发报》是国务院经济技术社会发展研究中心主管、中央有关部门和部分省市联合主办的，以经济报道为主的综合性报纸，对开12版，新闻出版署批准国内外公开发行的日报。作为一张以经济报道为主，以城乡开发——开拓、发展为特色的综合性经济日报，其报道面包括国内外经济要闻，经济与科技实用信息的交流，开发创新型企业单位成功之道的典型报道等，这些也都是我们报纸宣传和刊出并加以传播的内容。

编辑部编辑与驻地记者是一家人，也就是人们常说的采编一家亲。这一家人，分工不同。办好这张报纸，既是职责所在，又是编辑、记者共同努力的方向。大家共同的首要任务，概括地说是：牢记办报宗旨，积极参与策划，服从报社调遣，勤奋努力耕耘。为了一个共同的目标，编辑与驻地记者，必须是一对好朋友，好兄弟。相互之间了解各自的脾气秉性、兴趣爱好，以及在采写新闻或编辑稿件时各自的风格特点等等，做到知根知底，只有这样才能在重大新闻报道中，同心协力，办好报纸。报社有了这样一批知心、同心，团结协作的编辑、记者，报纸一定会在他们手中办出深度、新意和广博，显示出生机与活力。

夜班编辑常遇到的问题

编辑与记者间的互信，相知相伴十分重要。

我在总编室工作几年，发现编辑和驻地记者之间，也有一点不那么和谐的问题。矛盾的发生，集中表现在编辑和记者对具体稿件的处理上有时会产生分歧。

一般有这么几种情况：

一是记者没有抓准问题，或者抓住了问题，写作表达得不够好。如果遇到这种情况，记者就应该多听听编辑或值班总编辑的意见，从中总结经验教训，以利再战。

二是记者抓准了问题，写得也不错。只是值班编辑缺乏慧眼，给"枪毙"了。如果遇到这种情况，记者应抱着商量的态度，说明其理由，帮助编辑识别你的稿件。编辑要倾听记者意见，努力提高编辑业务水平。

三是对编辑修改过的地方，记者认为不恰当。恰当不恰当，都会产生不同见解。此时记者要与编辑开诚布公地讲清修改意见和删减缘由，求同存异，共同提高新闻作品质量。

四是编辑积压稿件的问题。这就要求编辑加速处理解决。新闻作品时效性强，要使好的新闻作品不间断地见诸报端，做到"长流水，不断线"，对编辑来说，也是一件有挑战性的工作。对没有及时见报的稿件，编辑部要有登记；重要稿件要有说明、备注。及时给记者打个电话，这也是一项经常性的编辑工作，体现着编辑的职业道德，做人的修养与素质。

既然是互敬互爱的一对搭档，就要在一起相互沟通、交流和通气。像今天这样的业务交流，就要经常举行。大家相互尊重，搞好内外协助，做到相知相依，相伴至永远。

编辑与驻地记者相依相伴的平台是报纸。报纸是靠消息、图片、通讯、访谈等多种体裁的新闻作品支撑的，所以也叫新闻纸。热爱新闻工作，提供优质的新闻作品给广大读者，是编辑、记者的天职。只有编辑、记者做好了自己的本职工作，报纸才能最大限度地满足广大人民日益增长的对新闻的需求，为人民服务，为党服务。

奉献好的新闻作品，尤其要注重新闻的时效性。新闻事件，稍纵即逝。你对这一新闻所采写的稿件，今天没有见报，也许明天就不能用了。别的报纸或广播再一播，那你的新闻就真的成为旧闻了。所以，人们才把新闻称之为"易碎品"。

好的新闻作品还具有艺术性。因为新闻学，不仅仅是一门科学，还是一门学无止境的艺术。一件新闻作品，不是一见报就成功了，她还要接受千万读者的评判和欣赏。同样一件作品，同是一件新闻事件，用不同形式的去表现，会对读者有不同的感染力与震撼力。比如一则消息，出自不同的新闻记者之手，刊出的效果也会截然不同。甚至同一则消息，在不同的报纸上发表，刊出的版面位置不同，使用标题不同，对读者的认知度也大有不同，这也许就是新闻作品的魅力所在吧。从这个意义上来讲，我们热爱党的新闻事业，采写好编辑好新闻作品，不仅仅是接受挑战，还通过新闻作品见报后给读者也包括作者本人，带来无尽的乐趣和享受。

热爱新闻事业，并投身到工作中去，就会不断地发现我国城乡经济开发事业所取得的成就，新人新事及开拓者的精神风貌，才能产生要立刻将这些新闻报道出去的强烈愿望。有了这种热爱和追求，就能从我们平常事中汲取不平常的素材，写出"以小见大"的新闻。反之，如果对身边发生的各种有价值的新闻，认为可写可不写，甚至把新闻报道工作当成是完成报社任务的生产指标，觉得不完成就交不了差，这就很难写出像样的报道，作品见报率自然也不会太高。

几点与大家共勉的体会

只有努力学习，才能不断地提高新闻作品的质量。新闻作品质量的提高，很大程度上是编辑、记者自身素质的提高。边干边学习，干到老、学到老，这是一个终生学习的话题。现就这个问题再谈几点意见，与大家共勉。

（一）不断学习党的方针、政策，坚持正确的舆论导向。编辑、记者要牢牢记住我党对新闻舆论导向的各项指示内容，按党的规矩编辑、采访。报纸不能偏离方向，记者采访不能随心所欲，这是党对报纸、对新闻媒体的基本要求，谁也别跨这个底线。

（二）学习做人的道理，加强自身修养。做好编辑，做好记者，就要做好人。做好人包括加强政治理论水平、知识的积累、专业技术水平的提高等等。根据党对新闻工作者的要求，编辑记者要做到全心全意为人民服务，站在党和人民的立场上，为人民，为国家，为党兴利除弊。党对新闻工作一个重要原则，是新闻的真实性原则。坚持这个原则，不搞假新闻，不搞有偿新闻，是党性的表现。新闻工作者还要遵守党的纪律，严守党和国家的机密。这不仅仅是职业道德的问题，而且关乎党和国家的安全，是我们的事业不断取得胜利的保证，是党和人民根本利益所在。

（三）以报纸为师，认真钻研新闻业务。提高编辑水平和新闻作品的写作技巧，以报纸为镜，往往会收到事半功倍的效果。同一则新闻，几家报纸经常会同一天刊出。我们编辑部的编辑、驻地记者，要慢慢品读。看看不同报纸，不同的记者，都是怎么写的。要坐下来进行文章结构的对比，导语的比较，标题的分析，从中可以受到很多启发，悟出许多道理，学人之长，补己之短，这是许多编辑、记者不断成长进步的共同体会。

（四）学无止境，基本功天天练。虽然在座的编辑、记者，有着丰富的阅历，有着身经百战业绩，但是，提高新闻作品的质量却是一个永恒的话题。纪希晨老师曾经对我说，编辑记者是一个终身的职业，没有干完的那一天，没有干好的那一天。只有更好，没有最好。我理解，编辑记者在写好新闻作品的时候，想找一个完整的"公式"，得出结果，是不可能的，其中的技巧和奥秘，值得大家不断地实践与探索。好的作品，要有平时对业务的学习与积累，基本功要经常练，要像著名艺人"拳不离手，曲不离口"一样，把基本功搞扎实。有了过硬的基本功，永远绷着"捕捉"新闻这根弦，就会不断地将你发现的真货，完美地拿出来，奉献给读者。

（五）要及时掌握报社的报道计划，了解栏目设置，版面增减变动的情况。随着报社事业的发展，报纸扩版、栏目设置也会有所增加。增加新闻各类题材作品的园地，给了编辑、记者更多的用武之地。无论是编辑，还是记者，都要积极参与各个时期的重大题材报道的策划，并能够为之作出贡献，这样才能够使报纸质量不断提高。

"没有耕耘，哪来的收获"。在搞好新闻报道工作上，编辑、记者都没有捷径而走。多写好新闻的"诀窍"，就是努力学习，勤奋耕耘。你的好作品，好成果，既是对新闻事业及报社的奉献，也是自己不断走向更高更强的一个成功的过程。愿为此，大家一齐共勉，不断努力！

此文为作者于1989年5月在《中国城乡开发报》编辑、记者业务交流会上的讲课稿。在1989年《中国城乡开发报》9月号通讯上以"从如何给报社供稿谈起"为题发表。本次编录书中，略做个别文字修改。文中数字，机构名称和人物职务等信息，均以当日信息为准。

欧洲六国报业考察笔记之一

怎样设计制作广告

——走访戛纳国际广告节组委会主席罗杰·哈斯先生

1996年11月间，广东省报协欧洲考察团，集体走访了戛纳广告节组委会。主席罗杰·哈斯先生给我们讲了一堂生动的广告业务课。

别开生面的开场白

戛纳国际广告节组委会的办公处，坐落在巴黎市凯旋门附近，著名的香榭丽舍大道南边一栋大厦内。罗杰先生在大厦顶楼接待我们，同前来采访的成员一一握手问好。

在他的引领下，我们走进他那间不大的办公室。访问者有14人，全部是广东省报业协会的成员。落座时，大家在沙发上挤了一下。后来其中一位成员起身，想去阳台取一把椅子挪来坐，只听"砰"的一声，他的头部碰到了办公室与阳台相连的玻璃门上。罗杰先生赶快走过去关照。看到这位成员并无大碍后，他连忙伸出大拇指："了不起，中国功夫！"

大家坐好，罗杰·哈斯不等我们提问，便打开了话匣子。他介绍说，前天，你们国家一个陕西出访团来到这里，也是人多，一位成员去取椅子。他功夫比你厉害多了，把办公室与阳台的玻璃碰碎了，头上划出口子，到医院去包扎、缝合。他那个团因此耽误行程，昨天，等他观察一天，没事了，他们今天才离开巴黎。

主席先生介绍，"昨天，就在受伤的中国记者观察治疗的同时，我们这里换了玻璃门的玻璃，加厚了。今天又见你来'穿越'。不知是'穿墙术'功夫没到位，还是玻璃门玻璃加厚的效果，今天没有伤人。总之，我这三天连续两次见到了你们的'功夫'。"

一席开场白逗笑了大家，现场变得轻松，气氛也活跃起来了。

与戛纳国际电影节齐名的广告节

罗杰·哈斯，年约60岁，是一位乐观、开朗、健谈、资深的广告界前辈。他精力旺盛，侃侃而谈。

在介绍戛纳国际广告节时他说，这个"广告节"几乎与戛纳国际电影节齐名。1996年6月的这一届，是第43届。国际广告节每年6月举行。中国越来越重视这个节日，开始积极参与广告业的国际交流。这一届，中国派出150多人参加。

这是一次全球性的广告佳作展示交流、广告学术理论探索研讨的盛会，被人们比喻为"广告界的奥林匹克"。在第43届戛纳国际广告节上，共有来自50多个国家800多家公司送去的400多

在欧洲的商贸大厦或购物中心，电梯及购物广场通道间，这类广告也会镶在精美灯箱中。

部优秀广告影片和5000多个平面、户外广告佳作参加了展示、交流、评奖。中国虽然是首次参加，却有作品获得了铜奖。

广告构成现代人生存"四要素"

罗杰·哈斯认为，在现代社会，人们除了空气，阳光和水之外，还应该有"广告"。这样，构成了现代人生存的"四要素"。

此话虽然说得俏皮了些，但是，广告确实触及现代人生活的方方面面。广告既服务于消费者，更服务于生产经营者。广告是"生产—流通—消费"这一社会经济发展循环中的"桥梁"和"开路先锋"。时至今日，谁也不会轻视广告的作用。

他说，有了广告并不等于广告就发挥了应有的作用。广告作用的大小，并不与制作大小、散发面大小成正比，其最重要的是广告的设计与制作和感召力。一个好的广告作品，可以使人们终生难忘；一个好的商品广告，可以转化为消费的冲动，带来消费者的消费行为。

广告作品：体现活力，体现感情

罗杰先生介绍说，近些年来，欧美的一些报纸媒体，对于要见报端的题材，都想方设法将其变为耸人听闻、标题鲜明、篇幅短小的文章。此举曾经使得《太阳报》《每日邮报》《每日镜报》等报纸的发行量一路飙升。有人对此批评称，这种办报的"三S"，即性（Sex）、丑闻（Scandal）和体育（Sports），使得过于严肃的报纸，在格调上"使劲下滑"。以致今天，这种办报促销手段，仍然充斥在世界各地的多个媒体中。

他说，新闻作品与广告作品有关联也有区别。但是，作为一个好的广告作品，应该同时具备三个要素：一是幽默；二是简洁；三是要体现活力，有感情。幽默给人回味悠长，使人愉快接受；简洁，即简单明了的作品最能为大多数人所认知；广告不是死的东西，它应该体现活力，体现感情。人类是有感情的，广告作品中，令人怦然心动的女郎，真心珍爱的宠物，顽皮活泼的孩童，总会激发人们的情感，令人难以忘怀。

相信中国广告设计制作的突破

罗杰先生详细地向我们介绍了戛纳国际广告节的情况之后，我们提出"你对中国现在广告设计制作有何看法和评价？"罗杰说，"我是从中国的广告作品、影视作品中，知道了中国功夫，还有中国的美食以及诸多让人流连忘返的景观……"

他说，"我最近刚刚从中国的北京、广州等地回来。历史上，中华民族是一个非常有创造性的民族，这是难能可贵的。现在的问题是，中国的广告业应该与国际广告节多接触、多联系、多交流，进一步开阔视野，掌握当今世界广告设计制作发展的新技术、新潮流。我希冀中国广告设计制作水平取得更大突破。戛纳大门永远向你们敞开着！"

随着改革开放，我国广告业有了长足发展。此次广东省报协赴欧考察团，利用赴法的机会，走访了戛纳广告节组委会。听了组委会主席罗杰·哈斯先生的一节广告课，我们都感到收获满满。

回国后，我立即向总编辑高兴烈做了汇报。他立即安排报社广告部全体成员，以及报社合作的广告设计公司，在礼堂播放了罗杰先生送给我们的"戛纳国际广告节优秀作品集锦"的光盘。

组织好了之后，我给时任万科老总王石打了电话。他如时赴约，坐在我身边，从头看到尾。看完后他感慨地说：与国际优秀广告作品相比，我们确实还有不小的差距。相信，国门大开，广告作品走出去，好的作品请进来，加快与国际广告界的交流与合作，一定会迎来我们广告业的繁荣。

根据作者1996年12月《欧洲六国报业考察报告》有关章节整理。文中数字，机构名称和人物职务等信息，均以当日信息为准。

欧洲六国报业考察笔记之二

欧洲六国中文报纸概览

　　广东省报业协会访欧团，出访了意大利、法国、德国、比利时、卢森堡、荷兰六国。除了考察欧洲报业发展状况之外，还对当时欧洲中文报纸进行了观察、浏览。

　　参加广东省报业协会访欧团，除了考察了欧洲报业发展的状况之外，我还留意观察、浏览了在欧洲发行的中文报纸。由于出访团只出访了欧洲的意大利、法国、德国、比利时、卢森堡、荷兰六国，所以文中谈到的欧洲中文报纸，应该是欧洲六国当时中文报纸的概况。

　　先说《欧洲时报》。在巴黎，我跟访欧采访团专门走访了《欧洲时报》，这是一张在欧洲颇有影响力的中文报纸，尤其对我们广东报业的人来讲，更是倍感亲切，因为这张报纸专门开辟有《今日广东》专版。

　　该专版由广东省内8家主要报纸撰稿，向欧洲各界人士，尤其是华侨华人介绍当今南粤风貌。所以，我们去《欧洲时报》，就如同走亲戚一样，去串了个门儿。

　　据介绍，《欧洲时报》是所有在欧洲的华文报纸中，报道中国大陆消息最多、最快，也是最准确的华人报纸之一。该报每周出版5天，每天12大版（周末出40多版）。包括勤杂人员在内，全社只有40人左右。每位编辑每天负责编辑2个版，由此我们感受到了该报社上下工作的紧张程度。像我们《深圳商报》每天已经出版36个大版的日报，编制数不到200人，在国内已经算是相当精干的队伍了。但是，如果我们和《欧洲时报》相比，感觉人员还是多了，可以办三四张像《欧洲时报》这样的报纸了。接待我们的是该报社的副社长张晓贝先生。他说："我们就是要用最少的人，最低的成本，做出最大的效益和效率。其实，这也是西方社会里所有报社费用开支的工作原则。"他说道，用工成本在欧洲是最贵的成本，编辑、记者在那些国度里，高薪也很难请到。

在欧洲六国，我还浏览到两家公开出版发行的中文《欧洲日报》《星岛日报》（欧洲版）。在这两家中文报纸中，目前《欧洲日报》发行量最大。究其原因是它创刊历史悠久，当地华人认知度高。近几年来，欧洲各国纷纷加强了与中国的经济贸易合作，无论是当地政府还是旅居华人，都越来越关注中国的经济脉搏。在报道方面，《欧洲时报》对中国国内的报道最具权威性，所以欧洲各国购阅《欧洲时报》的数量正在逐年上升。《欧洲时报》《欧洲日报》两家，正在逐渐形成竞争趋势。还有一类报纸，是由在欧洲各国华人华侨社团自己创办，免费赠阅的中文报纸。这些报纸，大都有华人社团经费支持，有着较为丰富的当地华人商品、商铺广告资源，在欧洲六国中，这些报纸颇具生命力。这类报纸引起我们访欧团的极大兴趣。我们努力搜集到的有：比利时安特卫普"比（利时）中华人协会"出版的《华人通讯》报；荷兰鹿特丹与阿姆斯特丹华侨团体出版的《唐人街》报；阿姆斯特丹华侨团体出版的《华侨新天地》报和《精彩星期六》报。报纸大部分为彩色印刷，也是在欧洲几国中公开出版发行的报纸，只不过是免费赠阅罢了。它们几乎都是摆放在唐人街等地较大的杂货店、图书报刊店和大小超市内，供客人任意取阅。这些报纸，一般都是对开四版。有的每期在20—40版不等。其中，广告版面约占三分之一左右，大部分为周刊或半月刊。这一类中文报纸的读者对象鲜明，就是华侨华人。办报宗旨非常明确，如比利时的《华人通讯》报，在其报纸的报眼显著位置，阐明该报宗旨：向华人介绍比利时的社会动态、法律、税务、福利；报道中国要闻；提供当地华侨、留学生及侨社的活动情况，促进华侨与比利时人民的联系和团结。由于这一类的中文报纸的办报宗旨明确，所以他们的专刊、专版以及专栏，办得很有针对性，很有特色。如荷兰的《唐人街》报，除了报道鹿特丹和阿姆斯特丹当地的新闻外，还开辟有《欧洲经济》《华侨论坛》《社团消息》《中文教育》等专版或专栏。许多稿件短小精干，很有特点。

引起我特别关注的是，当地侨社办的这些中文报纸，都能把新移民和老华侨的后裔，放在自己的报纸视野之内。如《华人通讯》报设有"政与律"专栏，分期介绍比利时的各项税制、法律条文及相关的福利规定等，这对于初来乍到的新移民、留学生帮助是极大的。荷兰的《华侨新天地》报、《唐人街》报，除大量的中文专版和专栏外，每期都编辑两个荷兰文的专版，集中报道中国及当地侨社消息，这显然是专门给那些已经忘了中文的老华侨和后裔们看的。

这一类中文报纸的这个特色，又是我们前面讲述到的《欧洲时报》和《欧洲日报》等在欧洲的中文大报所没有的。这些中文大报纸，替代不了欧洲当地侨社自己创办的中文小报。它们之间，相互补充，相辅相成，形成了欧洲报纸中的一道风景线。

此文根据1996年作者《欧洲六国报业考察报告》有关内容整理。文中数字，机构名称和人物职务等信息，均以当日信息为准。

欧洲六国报业考察笔记之三

巴黎的电视、报纸和期刊

去年11月底，我随广东省报协访欧代表团出访，了解到法国传媒业出现的一些新情况。在巴黎《欧洲时报》的会议室里，该报常务副社长和部门负责人姚蒙，带着我们一行15名团员，对在巴黎播出的电视和发行的报纸中的有关数据，进行了认真的分析。其中，有些东西是可以供我们参考的。

巴黎人对传媒的信任度下降

其实，法国人办起报纸来还是挺严肃的。但尽管如此，今天的巴黎人对传媒的可信性仍然提出疑问。法国的一个专项报告显示：对电视，1994年度有39％的观众认为法国电视报道不真实；到了1995年，认为法国电视报道不真实的观众上升到54％，超过电视观众的一半。对报刊，1994年有40％读者认为法国报刊报道不真实；到1995年，有51％的读者认为法国报刊报道不真实，也超过了读者的半数。

巴黎的传媒，正面临着信任危机。那么，是什么原因影响了人们对传媒的信任度呢？

在被调查的读者（观众）中，有62％的人认为"记者受政党、政治倾向与权力的影响，记者不是独立的"，有58％的被调查者认为"记者抵不住金钱的诱惑"。

过去，资本主义发达国家的传媒，总是标榜"新闻自由"，报道是"用事实说话"，且把新闻不自由、不真实的污水泼向别人。今天，巴黎传媒面临的信任危机，正好回答了这个问题。

报纸的品种怎么会越来越少

对传媒的不信任，当然是巴黎报纸读者锐减的根本原因。然而，法国报纸的品种、总发行量在近十年中减少得这么厉害，则是法国传媒业的业主们始料不及的。

就说法国的日报吧。1939年时，法国全国有175种之多，到1995年跌到仅有50种左右。统计数字表明，1990年与1980年相比，看日报的读者减少25%。目前，每1000名法国居民中发行日报175份，在全球排名第23位，远远落后于日本、英国、丹麦、荷兰等国。分析表明，法国报纸品种和发行总量大为减少的原因，大致有这么几个方面：首先，日报向综合性报纸发展，使专业性报纸陷入困境。《队报》是一张专业性的体育报纸，日发行量达200多万份，居各大报发行数榜首。为了与该报争夺读者，其他类日报都相继增设了很强的"体育部"，增加与《队报》相同的内容。著名经济类报纸《回声》报，在强化专业报道的同时，也增设了诸多的适应不同读者需要的内容。这样，在巴黎发行的日报，逐渐形成了《队报》《巴黎人》《世界报》《费加罗报》《解放报》几大报纸为龙头的局面，其余的报纸显然是在竞争中落伍了。其次，期刊的崛起吸引了诸多的读者。巴黎市有33000多个期刊出售点，出售着3000多种各类周刊。其中37%月刊，30%周刊，28%季刊，4%日刊，1%其他。调查数字表明，95%的巴黎人看期刊，为西欧发达国家的前列。在巴黎，平均每个家庭每年要花750至850法郎买报纸和期刊，而买报纸的钱只占这部分花费中的一到两成。巴黎人普遍认为，期刊可对报纸新闻内容做进一步的分析。再次，报纸价格偏高也使读者有所减少。法国发

法国巴黎市有33000多个期刊出售点，出售着3000多种周刊和各类期刊。

行量最大的10家日报，平均每份售价4.2法郎，几乎等于美国报纸平均价格的2倍。这几年，法国报纸价格还在以每年10%的速度上涨。高报价，未必就有高收益。《世界报》《解放报》《费加罗报》已出现了亏损，经济实力不行的小报纷纷关门，报纸品种一减再减。

电视对报纸并不构成威胁

一段时间里，传媒界有人以为报业的困境是来自电视的威胁。随着专业人士对传媒各种监控数据的认真分析，人们对这个问题认识已逐步统一：虽然电视与报纸有激烈竞争的一面，但从总体上看，电视与报纸之间的相互作用是不能替代的。两种传媒，各有所长。电视新闻的特点是快，给观众现场感，但是它受时间上、制作上的条件制约；而报纸，虽然电视新闻发了，记者还可以从中采访到电视新闻所拍摄不到的东西，进行深入报道。

现代人，不仅仅消费新闻，而且也迫切地希望了解电视新闻后面的东西。电视新闻之后，报纸和期刊则能在最佳时间满足读者这种电视新闻之后的需要。调查结果表明，每当电视新闻触及人们生活的热点之后，第二天的报纸就非常抢手，人们非要在报纸上找到这则新闻的详细报道不可。甚至于还有人翘首以待最新上市的期刊，希望看到有关这则新闻更为详尽的报道和分析。

虽然说法国的传媒业不十分景气，品种和发行总量跌了又跌，但是，法国目前仅剩的50余种日报的发行量却是增长的。尤其是报纸上那些人们关注的新闻事件的"特稿"，深入报道和新闻分析，特别受人欢迎，这些稿件补充了电视新闻的不足。这个调查结果，是不是也可以说明，电视的发展，也刺激了人们对报纸和期刊的需求？

选自作者1996年《欧洲六国报业考察报告》，刊载于《深圳商报通讯》1997年第1期。文中数字，机构名称和人物职务等信息，均以当日信息为准。

南粤，自 20 世纪末始，便是中国改革开放的热土。成长在这块热土的明珠，更是受人瞩目。

南粤纪行

南海明珠

——走访南海东部石油公司

浩瀚的中国南海，蕴藏着无尽的宝藏

　　浩瀚的南海，蕴藏着无尽的宝藏，是改革开放的春风，使她第一次向世界敞开了博大的胸怀。她的石油资源具有的魅力，吸引得世界上最有名望的石油公司纷沓而至，为我国利用国外资金和技术，合作勘探开发海底资源事业带来了勃勃生机。

　　1989年8月15日，是中国海洋石油南海东部公司（以下简称"南海东部石油公司"）成立7周年的日子。迎接这一喜庆日子的，将是年产22万吨原油的惠州21-1油田的正式投产。

该公司总地质师陈斯忠向记者介绍说，利用外国的资金和技术，合作勘探开发我国海底石油资源，这在8年前还是个"悬案"。一场"爱国主义还是卖国主义"的争论，使南海东部石油公司的成立，整整推迟了一年。

公司从1983年成立以来，经过三轮海上石油开发的招标，珠江口盆地东部海域已经签订合同和协议26个，合同区总面积达到7800平方公里。7年共打井93口（其中初探井60口，评价井14口、生产井19口），完成地震测线53178公里。无论从合同数目、合同区域面积，还是完成的工作量上看，都占海洋石油系统总数量的一半。这里已经成为我国海上对外合作的主战场。

陈斯忠说，把外国资金和技术吸引到珠江口盆地来，确实不是一件容易的事。海上钻探石油利润高，成本也高。成本是陆地钻探的10倍，而且更具风险。来得最早的一家国外大石油公司，兴趣和期望极大。结果8口井打下去都没见到油，使其他国外公司的情绪一片消沉。

南海，毕竟是一块尚未开发的处女地。南海东部石油公司是用科研成果来影响作业者，以提高对外合作效果的。他们发挥区域研究成果的优势，对珠江口盆地认真开展再研究再认识工作，扩大勘探效果。通过对新老资料的综合研究，他们先后提供了18个有利构造，指明一个远景勘探后备区。这些成果，犹如一块巨大的磁铁，紧紧吸住了海上石油开采者。

在维护中方合法权益的同时，该公司还在合同的具体条文上做了相应的调整。陈斯忠说："你（指外国石油公司）不是在这个区域没有打出石油来吗，那么我（指中方）就采取扩大区域作业范围的办法，让你增加投资，扩大作业量；要是愿意，你还可以移到别的合同区域去打井。你若是怕在合同区域内打不出油来，咱们不是签完合同就完事，而是再给你增加一定的选择时间，可以分期、分阶段进入作业区。对那些打不出油或很少打出油的公司，在税收上也给予一定的优惠等等。实践证明，我们在合同条文上的适当调整，是行之有效的。"

　　科研的成果，灵活的开放政策，加上南海本身所固有的诱惑力，就连一直打不出油来的那家公司也欲罢不忍。南海东部石油公司抓住时机，先后与9个国家21个公司建立了联系，吸引外资达7.5亿美元。惠州21-1油田终于勘探开发成功了，位置就在第一次打不出油的那口井25平方公里区域之内。

　　经过一段艰难曲折的考验，南海东部石油开发大业看到了胜利的曙光：

　　继惠州21-1油田勘探开发成功之后，惠州26-1油田投入正式开发；

　　陆丰22-1油田3号井EDST也已经开始勘探工作；

　　西江24-3油田已经完成ODP报告；

　　西江30-2、流花11-1、陆丰13-1油田正在进行评估；

　　……

　　南海东部石油公司的前程充满了希望。7年来，他们勘探的成果在中国海洋石油总公司居领先地位；探明和控制的石油地质储量为3.8亿立方米；找到的石油地质储量占总公司总储量的40%；探井成功率为33%；在找到的石油地质储量中，经测算73%具有商业价值，而且多数为构造简单、成油性质好、产量高、能量充足的优质油田。随着勘探开发的不断深入和油田的相继投产，这家公司对我国海洋石油事业的发展起到了越来越重要的作用。目前，他们正朝着建设现代化国际石油公司的目标前进。

　　南海依然是中国的南海，石油却不再沉睡海底。按计划，今年8月15日惠州21-1油田投产以后，到1995年基本上每年可以投产一个油田。1992年原油年产量能达到300万吨，1995年可达500万吨，为全国各大油田产量的第六位。南海东部石油公司在90年代，将担负中国海洋石油总公司三分之二以上的原油生产任务。届时，珠江口盆地将成为我国南大门一颗灿烂夺目的海上明珠。

　　原载《中国开发报》1990年6月11日。文中数字、机构名称和人物职务信息，均以当日信息为准。

骏马腾飞

——记广东顺德"飞马"金属制品有限公司

四通八达的高速公路，将南粤的城市、乡村连为一体，让行人货物畅如流水。

广东顺德飞马金属制品有限公司，是一家由我方和港方合作经营的企业。自1985年成立，短短的4年多时间内，他们生产的各种"飞马"牌人造首饰、高级匙扣、旅游纪念品、宣传赠品等，由于典雅大方、品种繁多、款式新颖，极适宜社会潮流的需求，在市场上一直独领风骚。

该公司董事长谢志昌介绍说，美，贵在新颖、入时。真金真银首饰有一个重要作用，是它的保值价值，而人造首饰不受保值价值局限，可不断变换花样适应社会潮流追求美的需求。现在，发达国家早已广泛流行物美价廉的人造首饰。

随谢志昌来到了产品陈列室，琳琅满目的耳环、项链、胸花、领带夹、手镯，令人目不暇接。这些华丽精美、珠光宝气的饰物几可乱真，一点也不输真金白银、珍珠玛瑙制品，设计制作上，无不浸透着"飞马"人的智慧。

这个厂只有员工400多名，所生产的品种竟达1000多个。该公司产品在1988年经中华人民共和国广东进出口商检局鉴定，产品达到国际同类产品质量水平，批准为替代进口产品。

把开拓产品市场与体育运动连在一起，是"飞马"人的韬略。他们借鉴"健力宝"的成功经验，于1987年将产品一举打入体育界，获第6届全运会饰物纪念品独家专利制造和经销权，取得了令人瞩目的成绩。而后，在济南举行的全国第一届城市运动会、北京举行的全国第一届农民运动会、沈阳举行的第二届青少年运动会、潍坊举行的第二届国际风筝节上，他们都以质量上乘、制作精巧的饰物、纪念品，赢得了国内外行家们的赞许和广大用户的青睐。

1988年，亚运会组委会带着中国台湾省，以及韩国、日本为第十届亚运会生产的饰物纪念品，来到"飞马"公司。经过严格的挑选、评比、鉴定，"飞马"牌金属饰物产品终于获得第十一届亚运会纪念饰物的特约制造权。

现在，"飞马"飞遍了祖国的大江南北。海关总署、中国农业银行、中央电视台等单位，纷纷慕名前来订货。他们除了定作徽记之外，还要制作与此相配套的各类饰品。"飞马"的英姿，也引起海外各国朋友的关注。最近，来洽谈业务的外宾中，有澳大利亚、美国、韩国等国的客商。斯大林故乡的客商也饶有兴趣地表示，愿意与"飞马"合作。

谢志昌对记者说："我们'飞马'刚刚起步，与西欧和日本等国相比，我们的产品还有一定的差距。但是，我们有信心、有能力，改进工艺，以新取胜，更好地开拓国内外市场。"

本文原载于1991年4月15日《粤港信息报》三版。文中数字、机构名称和人物职务等信息，均以当日信息为准。

"深塑"人的效益观

——记深圳市塑胶股份有限公司

作为改革开放的第一批尝试者，深圳的企业，在尝到甜头中也品出其中的不少苦涩。和外国公司搞合资、合作的过程中，双方的投资比例多少，借贷资金种类的选择、利率的选取形式和时机等诸多因素，都给新生的合资企业上了生动的一课。

坐落在深圳市水贝工业区的深圳塑胶股份有限公司，是深圳市石化（集团）股份有限公司与美国田纳西塑胶工程公司合资的企业，专门生产食品级聚氯乙烯硬质片材和塑胶制品。作为改革开放的第一批合资办企业的尝试者，"深塑"在1983年建厂时，最先品到了这样的苦涩。

深圳市石化（集团）股份有限公司办公楼外景。

合资企业资产投资总额应为1257万美元。而企业实际收到的资本仅为投资总额的16.2%，其余投入款全部由企业以贷款形式投入，企业一开局就出现了投资比例严重失衡的问题。当时，企业选择日元作为借贷资金。在没有慎重审查日元利率趋势情形下，又选择了固定利率。这一选择带来一个严重后果：到还本付息时，固定利率比当时的浮动利率高出了一倍，造成了企业货币损失高达三百多万美元。进口设备到厂之后，由于缺乏懂业务的行家里手，设备的能力只能发挥出20%。化工行业算得上是个"金行业"，聚氯乙烯产品又是化工产品中的佼佼者。"深塑"偏偏"抱着个金娃娃"每年亏损。

到了1986年下半年，深圳市政府和石化集团公司，对深圳市十大投资企业之一的"深塑"进行领导班子调整，起用一批懂业务专门人才，进入企业管理层。知识分子又做过千人大厂厂长的张代清，出任深圳塑胶股份有限公司总经理。他和总工程师、副总经理区国衡一起，为这个先天不足的企业，制订了用3年时间把企业效益提到最佳的方案。企业管理层有了能人，企业生产形式开始一路向好。

"深塑"公司每年有70%的原料靠进口。当时，这些原料，国内市场供应短缺，而且价格昂贵，企业根本无法维持生产成本。如果采用国产塑胶原材料，工艺难度大，产品质量很难达到合格标准指标。这个技术难题，深深地困扰着"深塑人"。

摆在大家面前的只有一条路：提高企业效益，才能拯救濒临倒闭的企业。区国衡总工程师牵头，组成了技术攻关小组，专门为解决技术难题开展攻关。经过了3个月的原料配方试验分析，终于找出了两项影响产品透品度的关键因素，并做了相应的技术处理。最后，终于用国产的原材料生产出了合格产品，产品成本下降了3%，节约31.5万美元。日本信越株式会社是世界上最大的塑胶原材料供应商之一。他们对"深塑人"能把30多种不同规格的原料科学配比后压制出同一质量标准的产品，感到惊讶不已。当然，还有更令日本人感叹的事情。企业购买的日本进口设备，许多关键零部件，几乎没有额外的配置。很明显，那就是逼着你，使用设备后再次登门求购易损的设备零部件配件。一台高压蒸汽循环泵，原价要3万美元，一根螺杆5万美元。"深塑人"使等待回头客来购买零配件的外商彻底失望了。他们抓市场，降成本，争效益，在替代进口零部件这个问题上专门攻关。自己研制的螺杆仅相当于进口价格的十分之一。现在，仅进口设备零配件国产化这一项，就给公司带来每年20多万美元的效益。

到1990年，"深塑"已全面纳入计算机投入产出分析与计划优化数学模型管理。通过对企业35个参数的综合评比，让每个参数都能发挥出它最大的能量，最终达到少投入多产出的目的。1989年微机统计数据是：1989年企业年产量达12000吨，是1986年的20倍。产品90%出口外销，年创汇1900多万美元。人均创利税3.4万元，偿还了300多万美元的资金损失，用企业的折旧加资金占有率，偿还了518万美元债务。

我们在"深塑"采访时，张代清总经理向记者讲了这样一番话："深塑"是改革开放的产物，如果企业不能发挥最佳的效益，"深塑人"就会愧对国民。

本文原载于1990年6月17日《中国开发报》。合作者为《中国开发报》记者嘉陵。文中人物、职务信息等均以当日信息为准。照片由深圳石化（集团）股份有限公司提供。

"星河"璀璨

——记世界第一台声控中文打字机诞生

世界首台声控中文打字机"星河CTP"的问世，引起了国内外电子计算机专家们的关注。新华社4月30日的消息说：世界上第一台声控中文打字机的诞生，将使"爬格子"变为人机交谈，它的核心技术——语音识别与语音合成的突破，将为新一代智能计算机的发展打开道路。

"星河CTP"这种全新的、能听、能记、能写、能说的汉语语言文字处理机，是佛山电子工业集团总公司下属企业最近研制成功的。

走进佛山市人民路电子工业大厦，门厅对面的墙壁上横挂着一条醒目的条幅：振兴电子，以先进科技为依托；开创未来，以国际市场为目标。

佛山电子工业集团总公司党委副书记、副董事长杨扬接待了记者的来访。

这个公司，目前统领着佛山地区40多家电子工业企业，集工贸、技贸、生产、科研、经营、服务为一体。该公司能生产彩色黑白电视机、录像机、高级组合音响、电子计算机、无线电零配件等几十类100多个品种、上千种型号和规格的产品，是一个初具规模的电子工业生产基地。

杨扬同志介绍说，改革开放以后，我国电子工业飞速发展。在生产厂家"遍地开花"，产品"群星灿烂"的今天，佛山的电子工业到底走什么样的路？经过不断的探索、追求，我们得出了条幅上面的话。

这个公司的几位当家人，大部分来自生产企业的第一线。他们在企业的生存发展中，都曾有过令人振奋的一搏。面对如今的辉煌事业，他们仍然常常感到迷茫；有些国人，对国产的电子产品并不感兴趣。国家越是对国外的电子产品限制进口，这些人就越是感到稀奇。宁可花一笔冤枉钱到黑市上买一件外国的"水货"次品，也不愿意低价购买国产的优质电子产品。

迷茫诱导着求索。

杨扬说：简单地把一些国人喜欢外国电子产品说成是"崇洋媚外"是不行的。关键还要看我们企业本身的努力。一是产品质量要高；二是适销对路的新产品要多；三是迅速占领国际市场；四是在高技术领域大显身手，多争几个"世界第一"。这四个方面做到了，国人才会对我们自己的电子工业有自豪感，对国产产品有信任感。

几年来，他们为了保证产品质量，成立了技术工程部，引进了国际上多种先进检测技术手段，使各类产品质量有了大幅度提高。1987年以来，创部优产品两个，省优产品4个，下属两个企业被评为国家二级企业。星河660组合音响获1987年全国部分家电产品质量评销会"玉兔奖"，星河880组合音响获第59届波兹南国际博览会金奖。在新产品开发方面，他们生产了堪称小博士语言机的钻石FL—8201型收录机、录像机辅助机—简易倒带机、星河高级小型组合音响等一大批颇受国内外消费者欢迎的适销对路产品。在电子产品市场疲软的今天，这些产品却供不应求。

为了实现占领国际市场的战略目标，他们订了这样的原则：跟国外做生意，取微利要做，收支打平也要做；眼下没有利，做下去有利就要做；这个产品亏，那个产品赚，能保证总体平衡的也要去做。按照这个办法，去年公司创汇2950万美元，比1988年增加1300万美元；今年一季度创汇1012万美元，预计到年底会突破4000万美元。

为了能在高新技术领域内有重大突破，公司重视科学，重视人才。1986年，正当我国电子计算机工业暂时转入低潮之际，他们以独到的战略眼光，保留并发展了计算机科研队伍，在艰苦的条件下努力开展科研工作。经过3年多奋战，公司终于在高技术领域拿下了"星河

CTP" 这项"世界冠军"。

本文原载于1990年7月23日《中国开发报》一版。文中数字、机构名称和人物职务等信息，均以当日信息为准。

糖业"大亨"

——走访广州市市头实业有限总公司

广州市市头实业有限总公司是"糖业大亨"。该公司从一家日榨5000吨甘蔗的大型制糖厂，发展到现在有内联、中外合资公司21家，工厂15家，员工5000多人的经济实体。1989年，这家公司工业总产值达6174万元，税利总额1548万元，全员劳动生产率20309元/人，分别比上一年增加8.7%、28%、7%。

"好风凭借力，送我上青云"，"大亨"之所以有今天，自然是沾了改革开放的光。

广州市市头实业有限总公司的前身是广州市市头糖厂，建厂于1934年，是中国第一家糖厂。中华人民共和国成立后的几十年里，糖厂工人除了多榨糖、榨好糖，并没有非分的奢求。就像学生读书，农民种田一样，他们为了提高糖产量，对工厂设备进行了多次技术改造，把日榨糖能力从1951年的800吨提高了好几倍。他们的奉献已光荣地载入我国糖业发展的史册。

1979年，孩子们的就业问题成为厂里职工忧虑的焦点。邻近农民干部常常"来访"，控告糖厂员工子弟偷盗、毁坏了农民个人或集体的农作物……糖厂编制已满，无法"消化"这么多的待业青年；广州、番禺劳动部门更是爱莫能助。厂长刘韶安从工人福利费中批了30万元作资金，成立了"劳动服务社"。他们找到一批童装订货，请了一位师傅，腾出旧房，办了一个服装厂。上百名青年自带缝纫机进厂做工，算是找到了就业门路，也稳住了工人师傅们的心。

从那时起，糖业工人迈出了"不务正业"的第一步。

1983年，当地甘蔗种植面积比上一年有较大幅度减少，引起厂长刘韶安的深思：糖厂生产好坏，取决于甘蔗产量的高低，可以说是一荣俱荣，一损俱损，而甘蔗的丰歉，既受制于天时，还受制于政策。既然如此，又何必非要在一棵树上吊死呢？倘若能多业并举，纵然一业失利，也不致全军覆没。

于是，市头实业有限总公司应运而生。在这面旗帜下，他们又兴办了华山塑料制品厂，为糖袋包装改革创造了条件。接着，又在制造5000吨压榨机的基础上，成立了糖业机械制造厂；与番禺县某公司联合开设了颇具规模的制衣厂、针织厂；与海外一公司合办了编织袋厂；与香港、广州的公司合作，用蔗渣作原料，成立了三兴中密度纤维板厂……市头实业有限公司成了名副其实的"大亨"。

1986年春，中央正式下文，允许、鼓励国有企业跨地区、跨行业、跨所有制经营。实践也证明了"大亨"独具慧眼，看得准、做得对。1984年以后，当地甘蔗产量连年下降，生产成本却大幅度增加，交售给国家的糖价仍然一如既往，制糖业连年出现政策性亏损。然而，"大亨"却能任凭风浪起，稳坐钓鱼台，一项损失多业补，上缴利税年年增加。

"大亨"的当家人并不是见钱眼开之辈。有人劝他们：现在彩电和各种生产用的原材料生意最好做，转手就是几十万。他们说：我们是实业公司，买卖要做，但不是倒买倒卖。那样赚钱不光彩，终

广东繁华夜市，照片摄于20世纪90年代。

将要受到惩罚。近几年，公司因生产发展需要，征购农田400亩，心里总觉得不安。土地是农业的根本，于是公司拿出30万元以低于银行一半的利息贷给农民围海造田，围垦面积不少于400亩。唯一的条件是：新围垦的土地70%用于种甘蔗，卖给糖厂，榨糖！

"大亨"并不满足已经取得的业绩。他们与国内海口市、上海市、青岛市、香港地区，与欧洲的法国，非洲的马里、利比里亚、东南亚的马来西亚、新加坡建立了多种形式的经济联系。最近，他们除了在香港地区和美国开办公司外，又与中美洲联系，准备在那开办以实业为主的公司。

弄潮儿向涛头立，手把红旗旗不湿。"大亨"驾驭开拓之舟，驶出广州，驶出国门。期盼不久，市头实业集团将以跨国公司的雄姿，屹立于世界著名企业之林。

本文原载于1990年7月16日《中国开发报》一版。文中数字、机构名称和人物职务等信息，均以当日信息为准。

迎接新世纪的晨光

——深圳市光明华侨畜牧农场的变迁

知道西伯利亚吗？

沙皇时代流放要犯的地方，荒凉、沉寂 ……

知道原宝安县的"西伯利亚"吗？

有一位记者曾经这样描述它："方圆几十公里，一直保持着盘古开天辟地以来混沌的真容，山谷间稀稀落落横卧着几间泥砖砌成的低矮破旧的农舍，瘦土薄田，人迹稀少……"

当然，这写的是20世纪五六十年代时的情景。

今天，昔日宝安的"西伯利亚"已成为——

南中国璀璨的明珠

出深圳市区向西行，过了公明镇，便进入一片连绵的丘陵地带。但见郁郁葱葱的山冈田野、湖畔溪边盎然生机一片。这里有现代化的厂房，造型独特的农牧场舍以及新建的住宅楼群点缀在果树、禾苗的翠绿之间。

这里，就是遐迩闻名的深圳市光明华侨畜牧农场（深圳市光明实业总公司）——广东省鲜活产品出口的重要基地，全国初具规模的现代化外向型综合性畜牧企业。

这里，引进了世界上十几个国家和地区的资金、技术、设备和禽畜良种；有现代化集约式生产的禽畜饲养场，养有奶牛6500多头，年产肉猪8万多头，鸽、鸡、鸭共310多万只；种植饲料作物6000多亩和上万亩特种果园——荔枝、芒果、龙眼等；兴办有牛奶、饮料、食品、饲料、生物制品和机械制造等6大工业；有4个来料加工和进料复出口工业区……

在这58平方公里的土地上，"光明"人创造出许多令国人骄傲的业绩：

——纯鲜牛奶在香港市场销量第一，其市场占有率达70%；

——有亚洲最大的乳鸽生产基地，产品在香港市场销量第一；

——中南地区唯一的生物制品厂，其高新技术产品生物白蛋白、狂犬病疫苗等行销国内；

——拥有当今世界上最先进的现代化挤奶设备和奶制品生产线，其生产的"晨光"系列饮料和"维他奶"饮誉香港和内地市场，供不应求……

如今，这个工、牧、农、商、技综合发展的集团式畜牧场，已成为拥有120多个企业（公司）和部门，出口商品达11类18个品种，净资产已达1.823亿元，年税利3558万元，出口创汇1240万美元的市属一类企业。这个企业已经多次被评为广东省的先进集体和最佳创汇企业，深圳市的"三超"企业和"十佳效益型企业"等等。

目睹这骄人的成就，不得不令人回顾和思索这近乎神话般的巨变过程——

果真是"永久不发"吗？

不少广东人认为数字的谐音会喻示人们未来的福祸。

光明华侨畜牧农场（原光明农场）创办于1958年。于是，便有了"1958——永久不发"之说。

5年，10年，15年，"光明"人始终过着"1918"的穷日子（每人每月工资19元1角8分）……到了1978年，整整20年间，农场连年亏损，国家给"光明"的投资和补贴累计已达2100多万元，亏损额超过了1300万元。

果真被不幸言中——"永久不发"吗？"光明"人陷入了深深的思索。

长期以来，农场因为要完成计划指令的公粮、余粮、口粮、饲料粮、种子粮等"五粮"任务，不得不按"以粮为纲"安排生产。绳索，紧紧地缚住了"光明"的手脚，使农场的潜能、优势得不到发挥，自然和人力资源都得不到合理而充分的利用，经济效益十分低下……

党的十一届三中全会的召开，深圳经济特区的建立，使改革开放的春风吹拂到了"光明"，点燃了"光明"人蕴藏心底20年之久的穷则思变的希望火种。

1978年10月，他们在认真地总结吸取办农场20年来正反两方面的经验和教训后，向广东省政府和原国家经贸部呈上了一份专题报告：要求利用特殊政策和地理优势，发展奶牛，卖到香港。这个报告得到了明确的批复。

至此，"光明"利用和发挥"毗邻港澳市场、人力和土地资源丰富、有一定畜牧业基础"的优势，开始了根本性的变革——由计划产品经济向市场商品经济转变。"光明"人迈开了艰难的旅程——

风雨如磐路漫漫

"光明"改革的第一步便气度不凡：顶住了来自方方面面排炮般的非议，以补偿贸易的形式斥资2000多万港元，引进1238头良种奶牛——中国有史以来最大规模的奶牛引进。

1980年3月，来自新西兰的这批奶牛，经数十天海上颠簸漂泊，终于踏上了深圳的土地。

然而，就在"光明"人喜气洋洋准备迎"客"时，却传来了一个令人沮丧的消息：经检疫，其中有680多头奶牛患有"牛鼻气管炎"。据说，这是中国奶牛从未发现过的一种怪病。

于是，有人判之为瘟疫："把这些奶牛统统杀掉！"

这一句话，不仅会使"光明"倾家荡产，而且，国家的损失恐怕还不止于经济。

"杀"与"不杀"，两种截然不同的意见，反映到了省里，反映到了国务院。惊动了省长和省委书记，"官司"到了当时的国家主席那里，问题得到了妥善解决。后来，科学证明，这是奶牛的一种常见病，可防可治，并非瘟疫。但是，从这件至今仍使"光明"人心里发怵的事上，人们知道了我们改革开放所走过的路程是非常艰难和曲折的。改革开放以来的15年间，"光明"人先后引进了国外的猪、鸽、鸭以及相应的技术和生产设备，经历了无数艰难困苦的考验！且不说缺资金、短技术、少人才的窘迫；也不说与旧观念旧体制决裂的阵痛；更不说各项改革政策的不同步和不配套所形成的碰撞和束缚；单说企业"办社会"一例，其难便可窥一斑。

"光明"是企业，却又不同于一般的企业。它是一个实实在在的"小社会"。既要搞好生产、发展经济，又要解决全场近2万人（包括占全市国有企业离退休人员总数五分之一的离退休职工和4700多位难侨）的衣食住行，生老病死以及职工子女入学、就业等问题。此外，他们还要办教育、交通、公安和市政建设。仅这些开支，每年都在1000万元以上，约占年利润的60%。可见，"光明"有着一对多么沉重的翅膀。

然而，无论是多么艰难困苦，"光明"凭借着改革开放的强劲东风，自强不息地腾飞起来了。他们用累累硕果，否定了"永久不发"的预言。而且，"光明"人坚信，有"坚持改革开放一百年不动摇"这颗定心丸，"光明"必将——

从此一发不可收

改革开放15年来，光明华侨畜牧农场实现了由一个贫穷落后的旧式农场到初步富裕的新型畜牧企业的历史性转变：

——经济成分由单一的国有经济转变为以国有经济为主，中外合资合作、国内多方合股联营等多种经济成分并存的多元化经济实体；

——从传统的近乎自然经济的计划产品经济，转变为开放式、集约化、外向型的市场商品经济；

——产业和产品结构，由单一的农业和粮食转变为以畜牧业为主导，工、农、牧、商、技、旅游等多样性的新格局；

——经济效益从连年亏损、靠国家补贴过日子的恶性循环，转变为连年盈利、不断扩大再生产的良性循环。

特别是近几年，全国不少地区的农业都出现徘徊不前局面，而"光明"却一直保持着稳定、持续、协调发展的势头——年利润平均增长率为50%。1993年，全场生产总值6.4亿元，比1979年增长了70多倍，比1992年增长了43.8%；全员劳动生产率达到了18626元，比1979年增长了14倍；实现利润1822万元，比1992年增长了16%；外汇收入达1.42亿港元。1980年至1993年，已累计创汇13.14亿港元。

"光明"富裕了，扔掉了昔日"西伯利亚"的贫穷帽子。然而，在"财大气粗"的今天，"光明"人却始终没忘前辈"勤俭建国、奋发图强"的教诲。他们没置办高档轿车，没盖领导干部豪华宿舍，而是把无限的心思和有限的资金，全部用到增强企业发展的后劲上，用在千秋大业的教育上，用在群众生活及职工住房条件的改善上。仅1993年，全场完成基本建设投资总额1.394亿元，用于扩大再生产投资1.11亿元，职工福利投资2842万元，建设职工住房总面积近6万平方米。近几年来，他们还先后投入近千万元，新建了一批中、小学，并在联合国难民署的援助下，建起了4000平方米的职业培训中心……

场党委书记黄宪洲告诉记者，"光明"将"咬定青山"——继续坚持走以畜牧业为基础的多元化发展的道路，充分发挥人才、技术和资源等方面的优势，探索一条有中国特色的现代化农业发展之路。根据香港和内地市场反馈的信息，企业正考虑扩大奶牛饲养的规模；工业方面，要加快集约化、规模化的步伐，在已有4个产值超亿元的企业规模的基础上，力争在近两三年内发展为五六个产值超亿元的企业；在向现代企业迈进的过程中，尽快导入CI（企业形象识别系统），拟将"晨光"这一颇富诗意和象征美好未来的商标，创为全场产品的龙头商标，国内外驰名的商标……

"光明"之路，越走越宽广；"光明"的前程，灿烂辉煌。

原载《深圳商报》1994年9月24日，合作者为张荣刚。文中数字、机构名称和人物职务等信息，均以当日信息为准。

古寨虎威震天下

——虎门纪行

虎，兽中之王。

门而冠之以虎，自然少不了威猛之势。

虎门，扼珠江入海口咽喉，自古就有"虎门六台，金锁铜关。人来不易，出去更难"之说。

1839年6月，虎门着实让世人吃惊不小：英、美为弥补巨额贸易逆差而运进中国的118万多公斤鸦片在镇口海滩被当众销毁！

从此，虎门就属于了历史，属于了世界。正是在这里，掀开了中国近代史的第一页。

珠江不平静地流淌了157年。

1996年6月，又一条让人吃惊的消息从坐落在珠江口东岸的虎门传出：'96中国（虎门）国际服装交易会将在11月举行。

这是一个意味深长的信号：位于广深珠和粤港澳两条经济走廊交汇点上的虎门，也属于今天，更属于明天。

机遇属于探索者。本来，虎门是块肥沃的土地，但是单一的种植业并未使虎门人富裕起来。改革开放的春风吹醒了这块英雄的土地，虎门人利用自己处在广东南北东西主干线交会点、香港服装容易流入的优势，慢慢地做起了服装生意，渐渐地由占街为市进而形成大市场、大流通的局面。到90年代中期，虎门崛起了一座服装城。

漫步虎门镇中心区的银龙、仁义、人民等几条街，北京、上海、杭州、武汉、深圳等全国各地及日本、俄罗斯、吉尔吉斯斯坦等国家和地区的客商摩肩接踵，每天不下五六万人。陪同采访的'96中国（虎门）国际服装交易会组委会办公室主任黄立志介绍说，现在虎门年生产服装6250多万件，销售额达60多亿元，与大连、义乌、石狮并称为

"全国四大服装基地"。目前，虎门有10大服装批发市场，商户达5000多个，上规模的时装厂近600家，平均每3个虎门人就有一个是搞服装的。

服装业已成为虎门经济中昂首挺进的龙头。一业兴，带来百业旺。服装名城的崛起，给虎门带来了名城效应：从近处着眼，这种效应搞活了一个市场，带动了一个产业，造就了一批人才，致富了一方百姓，繁荣了一个城市；从远处着想，虎门人跳出了地域限制，发挥了比较优势，塑造了城市个性，使虎门既能在国内产生影响，又能在国际上谋求一席之地。

今日虎门，大桥添威。

虎门，以自己独特的魅力吸引了中外客商。从1978年广东第一家来料加工厂在虎门落户以来，现在，虎门已吸引外资6亿多美元，兴办"三资"和"三来一补"企业1300多家。资金、人才、管理经验的引入，极大地推动了虎门经济的发展。民营经济，混合型经济的蓬勃发展，使虎门已形成外来资本、民营资本、集体资本"三分天下"的格局。目前，虎门第一、第二、第三产业的结构比是8：14：51，接近于中等发达国家水平。

虎门镇长钟淦泉说，关键是自己定位要准。德国的海德堡不过是个中小城市，但它却是国际上印刷设备生产的重要基地；我国许多辐射全国的大型专业市场都没有诞生在大城市，却在中小城市取得了惊人的发展。原因何在？在于这些中小城市看准了市场，抓住了机遇，发挥了优势，转换了优势。就虎门来说，今后将进一步把靠近香港、广州、深圳，交通畅达、运作快捷、制衣业相对集中等多种资源优势转化为市场优势，使生产的规模与市场的凝聚、辐射功能相互推动，将时装名城的效应进一步放大，实现服装市杨建设的四化：市场构成的多样化、市场建设的层次化、市场发展的国际化、市场经营的文明化。如此，则虎门会更有作为。

原载《深圳商报》1996年9月9日。合作者《深圳商报》记者刘继生、张富刚，《东莞日报》记者金名。文中数字、机构名称和人物职务等信息，均以当日信息为准。

公明后来居上启示录

1994年，一个北方汉子从南海舰队转业到公明。从宝安到公明的20多公里路用了一个多小时，那乘车的感觉，"就像还在波涛滚滚的舰艇上似的。"如今已是公明镇党委副书记的张建国如是描述了刚到公明的情景。

至少落后了 10 年

90年代初，离深圳市区仅40公里的公明镇，依然保持着传统农业地区的经济发展格局，交通不便，通信落后……人们基本上还是守着自个儿的"一亩三分地"，颇为知足地过着"日出而作，日落而息"的日子。

到1992年，该镇才有数十家小型外资企业，利用外资仅几亿港元。

小平同志南方谈话后，举国上下掀起了新一轮改革开放热潮。深圳乃至整个"珠三角"地区更是大抓招商引资，开发科技，发展工业和第三产业，经济建设进行得如火如荼。

公明怎么了？周边地区快速增长的经济指数，终于撩拨得公明人坐不住了。镇委、镇政府和全镇人民一起，开始了反思和分析：公明经济发展的最大阻力在于自身的思想保守、观念落后，背着"农业保护区"和"水资源保护区"的"包袱"，迈不开改革开放的步子，不敢放胆招商引资、开发资源、发展工业，寻找新的经济增长点。

公明怎么办？镇委、镇政府经过学习、调研，一致认为，公明的农业优势不能丢，但单纯以农业为主不行，这样只能"吃饱饭"，但不能"吃好饭。"为此，他们确立了"稳农兴工"的发展战略，提出"工业兴镇"的口号。从此，改善投资环境，加快招商引资成了主要议事日程；从此，公明的经济舞台上"三资企业"不再是点缀的配角；从此，公明的改革开放从步履蹒跚突变到大步向前。

启示之一：即便处于改革开放的前沿，陈旧的意识和落后的观念依然可以使其故步自封于传统的经济发展格局。改革中最关键和最困难的是与旧观念的决裂和新思维的形成。

栽下梧桐凤凰来

1992年，宝安区拟兴建横穿公明境内的高等级松白公路。

其时，公明人正在考虑如何解决交通这一制约招商引资的"瓶颈"，镇领导一咬牙，从有限的财务中主动拨出2000万元，促使松白公路提早动工了一年。

松白公路的建成，赶走了"交通不便"这一阻碍公明对外开放的"拦路虎"，很快为公明引来了一批"财神"。

他们把大部分资金投资于"硬件"建设：镇中心区窄小破旧的街道得到改造、拓宽；通往各村凹凸不平的土路被4车道的水泥路取代；6座自来水厂日供水近10万立方米，清流汩汩淌进万户千家和工厂企业；总容量36.5万千伏安的3座变电站，提供着充足的工业和生活用电；3万门程控电话的开通，缩短了公明和外界乃至全球的"距离"……

1995年，公明的外资企业已发展到642家，利用外资已达33亿港元，工业总产值以每年30%的速度增长，公明，开始在对外开放的路上迅跑。

启示之二：栽下梧桐树，就有凤凰来，已是老生常谈。但是，敢不敢栽树，怎样才能栽下根深叶茂的大树，却是改革开放实践中常新的话题。

环境也是生产力

知识经济时代的到来，全国全方位对外开放格局的形成，在提供了更多发展机遇的同时，也提出了严峻的挑战。

公明，概莫能外：产业结构如何调整？高科技、高附加值项目怎样才能引来？在招商引资越来越不易的同时，还有一些企业悄然迁走……

镇党委、镇政府及时自省，并组织镇、村干部出外考察参观，以此长见识、学先进、找差距。

远到大连，近到东莞。在岭南，一路参观考察，一路思考讨论，终于达成了共识：要在二次创业中赢得竞争的主动权，必须"两个文明"一起抓，营造出更加优良的投资环境，要使外来投资者和外来打工者在公明工作安心、生活舒心。

公明人出手不凡，大手笔地建了个深圳镇一级最大的文化广场。3.8万平方米的广场中央，寓意"天下为公"的雕塑巍然挺立，折射着现代文明的熠熠光彩；喷泉与华灯交相辉映，绿草与繁花相互衬托，

公明的"形象工程"全面启动。新建了红花山公园，镇中心区200多平方米的环岛花坛内 46.3 万平方米草坪和 17.6 万棵树装点得公明满目郁郁葱葱……

水榭与长廊相依相偎，分明是经济特区新农村锦绣画卷的缩影；象征18个行政村的18根门柱如18位勇士整装待命，团结一心迎接新世纪的挑战。

公明大力发展"三高"农业，形成蔬菜、水果、水产、禽畜四大商品生产基地，大批优质农副产品每天源源不断地供应深港市场。

公明变得更美丽更文明的同时，"环境效应"迅速在经济领域释放：最初投资只有几百万港元的新兴橡根厂，将投资追加到4.3亿港元，成为全球最大橡根厂；华发、创维等著名彩电企业将生产基地移师公明；一度迁离的企业纷纷唱起"凤还巢"，相继重返公明置地兴业；今年，公明引进了近80个外资项目，出租厂房26万多平方米。目前，全镇共有21个工业区，外资企业近800家，利用外资已超过60多亿港元，工农业总产值已近20亿元。

近年，该镇大力发展"三高"农业。至今已落实农业保护用地4万多亩，创建科技园1.3万亩，集约化、科技含量高的种、养殖场一批，形成了蔬菜、水果、水产、禽畜四大商品生产基地，大批优质农副产品每天源源不断地供应深港市场。去年，仅农业创汇就达1.6亿港元。

"两个文明"建设的丰硕成果和良好的环境，使公明经济开始进入快车道。

启示之三：环境也是生产力。决定一个地区经济发展后劲和招商引资竞争实力的主要因素，在20世纪80年代和90年代初，是交通、能源、通信等基础设施建设和政策优势；在90年代末和下一个世纪，则是以文化广场为标志的"双文明"环境建设。

后来居上，任重道远

岁末，镇党委书记邓剑平兴致勃勃地向我们介绍了公明面向新世纪的规划前景："农业稳镇、工业富镇、科教兴镇、依法治镇"是公明未来发展指导思想，目标是把公明建设成经济繁荣、政治廉明、科教进步、环境优美、社会安定、人民康乐的社会主义新农村。他说，在20世纪的最后一年，他们将牢牢抓住"以经济建设为中心"这条主线，明确"以'两个文明'建设的丰硕成果向建国50周年和特区20周年献礼"的主题，使公明迈上新台阶。

镇长麦达通说："高远目标的实现，需要有更高起点的规划、更高素质的人才和更高层次的思想观念。"

镇委、镇政府决定，将按照"高档次、高标准、超前性"的要求，在建设高水平的镇、村规划的同时，重点抓好"一线三区"即松白公路沿线、镇中心区、现代农业示范区和绿色田园观光旅游区的规划、开发和建设；重点扶持高科技企业和"三高"农业的发展，筹建水果、蔬菜、畜牧产品、花卉物流基地；还要大力气营造按国际惯例运作的投资环境，进一步加大开放的力度……

在农村城市化的进程中，洗脚上田的农民可以在一夜之间成为户籍意义上的城镇居民，但其根深蒂固的许多落后的传统观念和小农经济意识的革新，以及新思维的形成和新观念的树立，绝非一朝一夕可以完成。因此，广泛开展群众性精神文明创建活动，将是公明人长期的艰巨任务。

塘尾村，这个只有1298人的行政村，近年来仅投资兴建公园、村容村貌的改造、图书室等文体设施，就已达2000余万元。村党支部书记麦沛成说，现在基层组织和村民们已逐渐将营造良好的投资、生活环境变成自觉、主动的行为。

事实上，不光在塘尾，在下村、田寮，在公明的18个行政村，都可以看到镇委、镇政府实施的"每村一个图书室、一个文娱中心、一个医疗保健站、一个党员活动室、一个小公园"的"五个一工程"正在成为现实。邓剑平设想中的"既非现代都市，也非传统农村，具有岭南特色的社会主义新市镇"已具雏形。

启示之四：从自足于"吃饱饭"到主动要"吃好饭"的变迁昭示我们，当真正与小农经济的愚昧、保守和封闭意识决裂，树立起现代文明、进步和开放的新观念之时，当是公明经济腾飞之日。

回首改革路，公明后来居上；面向新世纪，公明任重道远。

原载《深圳商报》1998年12月31日。合作者《深圳商报》记者张荣刚、谢莹。文中数字、机构名称和人物职务等信息，均以当日信息为准。此章节照片，除署名者外，均由南方日报社《南海明珠》编辑部提供。

"锦绣中华"是中华民族智慧的结晶，她以灿烂的艺术瑰丽和独特风姿，吸引着世界各地的游客。

深圳风采

"猫耳洞人"抗疫新篇

——《共产党员叶晖白发执甲，逆风前行》读后感

近日，在岑江营的网站上，读到深圳报业集团记者袁春燕写的文章：《共产党员叶晖——白发执甲，逆风前行》。讲的是叶晖于今年春节期间，接到上级党组织通知，参加市委组织部在全市抽调干部组织的指导服务组，投入抗击COVID-19新冠病毒防疫阻击战的故事。他的出色表现和突出成绩，深深地感动了我。

悲壮辞行 直奔前线

面对突如其来的疫情，深圳市委组织部在全市组织了75个工作指导服务组，抽调近400名副处干部，深入到我市各区基层一线，下沉到74个街道和深汕特别合作区，坚决打赢抗击新冠疫情防控阻击战。叶晖，被荣幸地被抽调到这支队伍，分派到宝安区沙井街道组，任联络员。

2020年春节临近，当年送叶晖应急参军到对越自卫反击战前线现已96岁的老父亲，突然在睡梦中仙然去世。叶晖匆匆赶回老家，料理丧事，准备送老人家最后一程。还未及善后，他就接到了市委组织部要求参加指导服务组，下沉市区街道一线，参加联防联控，打赢抗疫阻击战的紧急通知。

叶晖赶忙安慰正在病中的老母亲，说明要马上赶回深圳参加抗疫的情况。89岁的老母亲，是一位深明大义的老共产党员，她拉着儿子的手说："阿晖，你还没有退休，你是一名共产党员，组织召唤，你快去吧。你爸他不会责怪你的。"

就这样，饱含着热泪，忍着与亲人离别的痛苦，叶晖又一次奔赴前线。作为一名老兵，能参加战斗，他感到十分神圣。一到深圳他就

立即履行联络员职责，马上联络组里的组长、组员，连夜挨个打电话通知，并联系好车辆接送组里成员报到。他是2月5日晚上11点10分从老家返回到深圳的，到第二天早上9点，他负责联络的指导服务组全体成员在沙井街道集结完毕。

从部队转业到地方工作多年了，他仍然保留着当兵时雷厉风行的作风，做到"召之即来，来之能战，战之能胜"。集结后，他随组下沉，立即展开了工作。在那段日子里，他和组里的同志几乎每天日行万步，走遍街道所属的21个社区，上千家企业以及居民小区、城中村，指导联防联控，复工复产，外防输入，内防反弹。作为组里的联络员，叶晖上传下达，协调反馈，同时做好防疫物资的下发保障工作。其间，他共组织联络给社区、小区发放了9批抗疫物资。

白发执甲，逆风而行。叶晖参加指导服务组，肩负起社区防疫的重任。在疫情最严重的时候，他与指导组成员，冲锋在前，毫不退缩，磐石般地定在防控一线，坚守着深圳这一方热土，绝不允许病魔肆意侵害美丽家园。

退役老兵、共产党员叶晖白发执甲逆风前行。他说："重返前线是一种神圣，共产党员要时刻听从党召唤。"

哪有从天而降的英雄，只有挺身而出的战士。深圳市委组织的防疫工作指导组，经过艰难困苦的努力，终于使防疫阻击战在社区基层一线赢得了阶段性成效。在市里决定将第一批派出人员撤回之后，叶晖急匆匆赶回老家，看望年迈多病的母亲。老人看到了参加防疫战斗平安归来的儿子，宽慰地笑了。就在叶晖回到家中的第二天，老母亲安详去世。

"猫耳洞人" 热血军魂

40年前，叶晖参加对越自卫反击战的故事，曾经深深地让我感动过。

他是1979年为参加对越自卫反击战应急参军的。由于表现突出，成绩优秀，从战士、班长、新闻干事，直到1983年调到昆明部队《国防战士》报任编辑、记者。

"一寸山河一寸血，一抔热土一抔魂"。为了坚守祖国的边防线，打击敢于来犯的侵略者，战士们在大山深处修筑了防御工事。穿过荆棘丛生的山岳丛林地，爬过陡峭的山坡，登上老山阵地时，你会发现这里山连着山，树连着根。山山有战壕，壕壕有山洞，洞洞有战士。那战壕，顺着山势延伸纵横；那山洞，顺着壕壁挖向大山腹地。壕如经纬，洞如猫耳，这是山岳丛林地防御战场阵地的宏伟奇观，也是一幅祖国边防线铜墙铁壁的英雄画卷。

"猫耳洞"，可以躲避敌人的炮袭。炮火一停，一个个战士从洞中跃出，进入战位，阻击来犯的敌人。洞是低矮的、黑暗的、潮湿的，洞壁上渗出晶亮的水珠，洞中透出阵阵霉味。洞是掩体，也是营房。陪伴战士们的还有个头硕大的老鼠和成了"精"的蚊子。战士们流行的话是："三只老鼠半麻袋，四个蚊子一盘菜。"蚊子一咬就起红疙瘩，一搔破还会流黄水。长期坚守，战士们得皮肤病、风湿病、胃病的人不少，战地医生统称这些为"猫耳洞病症"。守卫在这里，保卫祖国的勇士们，力克艰辛，屡建奇功，称自己为"猫耳洞人"。

到达战区以来，叶晖就不停地在战区采访。他几乎走遍了那里的每座山巅，采访了守卫老山、者阴山的每个部队、每个阵地。从前线指挥部的最高指挥官一号首长、二号首长，到蹲守"猫耳洞"达七年之久身经数十次大小战斗的排长、副连长；从第一个登上老山主峰的女兵，到强烈要求参军"勤劳致富"的女状元……叶晖在报纸上都留下了他们的英雄篇章。

为真实地反映"猫耳洞人"的战斗生活，叶晖冒着敌人的炮火，与坚守阵地的战士们一起喝凉水，啃压缩饼干。蹲在壕中采访，趴在洞中写稿，是战地记者的必修课。他将驻守在阵地上的指战员们英勇战斗、不惜流血牺牲的故事一一介绍给读者，并将长期生活在"猫耳洞"中战士们的艰苦生活，和许多战士患有"猫耳洞病症"的情况及时反映，使他们得到了战地医生及时救治，从而保障了部队战斗力。从叶晖的新闻稿件中，可以看到全景式的战地生活，除了打仗、站岗、挖战壕，还可以看到指战员们在洞中"出车跳马下象棋""甩老K斗地主"的多彩"战余"生活。前沿战士们，在被炮弹炸得翻了几番的阵地上，移植了松柏，种上了蔬菜，有瓜有豆。住在洞中的干部战士，还有人带来数理化，坚持自学，准备参加全国高等教育自学考试。

叶晖，1979年应急参军。曾任战士、班长、新闻干事、军区报社记者编辑。这是当年在老山主峰上的留影。

所有的这些报道，可以看出叶晖对战地血与火战斗生活的熟悉，对"猫耳洞人"坚毅的品质、崇高的道德情操以及他们的理想追求、美好愿望，体察得精准细微。他的报道是感人肺腑、动人心魄的，那是他饱含激情，与前沿阵地将士们一起摸爬滚打，在烈火中铸就而成。因为采访，他钻猫耳洞，住猫耳洞，生活战斗在猫耳洞，他写的许多关于"猫耳洞人"的报道，都说到了驻守在前沿阵地战士们的心坎上，阵地上的老兵都认识他，凡有新兵上阵地，老兵都介绍说："这是咱们部队的战地记者，也是我们'猫耳洞人'！"

军区报社李松柏和叶晖主编的《前线记者手记》一书由部队出版社出版，那里有叶晖和李松柏两位前线记者1984至1986年间，在各类报纸杂志上发表的战地新闻300多篇。著名作家冯牧为该书题名"猫耳洞人"，时任国务委员兼国防部长张爱萍老将军为该书题词："豪气震天地，情趣猫耳洞。"

战争，早已成为历史。那一场边疆保卫战，给了叶晖血与火的考验。他在战区的新闻报道，使我们记住了历史，记住了"猫耳洞人"，记住了英雄。几十年前，一大批像叶晖一样的年轻人，一样的血气方刚的热血男儿，响应祖国的召唤，挥泪告别亲人，奔赴前线，上了战场。

提起这些，叶晖总会有些伤心。每一次战友相聚，他总在说："我们没有任何理由忘记他们！"

温馨港湾　战友家人

叶晖全身心投入到抗击疫情阻击战的战斗，源于他的家庭，那是他温馨的港湾，也是他奋力前行的加油站。

他的父亲，是一位老革命——原东江纵队的老战士。1949年2月，他父亲曾带领队伍解放了家乡岑江乡，任首任乡长。后来虽然历经磨难，但初心不改，对党忠诚。1979年，对越自卫反击战开始，部队应急征兵，他父亲毅然决然送子参军上前线。1986年离休后，他仍然热心公益事业，修桥补路、捐资助学，是全县有名的老模范。

叶晖的母亲，党龄比儿子年龄还长。解放初期，她曾经是全县唯一的一位女乡长。从一个穷苦人家的孩子，成长为一个出色的乡镇妇女干部，她对共产党始终怀着感恩的心情，哪怕在"文革"动乱年代，受株连回到农村务农，也仍然信仰坚定。后来平反恢复职务，她就更加努力地为党工作。

妻子徐苏鲁，是和叶晖一同参战的战友。在部队时，她是一位漂亮的女军官。她参军入伍后，被分配到军区通信总站一号台工作。一号台，那是在对越自卫反击战中，专门负责军区一号首长作战指挥的通信保障任务的。徐苏鲁也是作战的功臣，战斗激烈时，军区首长指挥靠前，她也到了前线指挥所。她历任分队长、连队指导员和司令部作训参谋。战后她转业到地方工作，始终保持着良好的军人素质和作风。她在深圳广电集团，无论在人力资源部门，还是在企业管理部门，都有出色的工作表现。当冠状肺炎病毒蔓延横行时，叶晖被抽调到市委组织的联防联控工作指导服务组时，她对叶晖说："很高兴你能参加这次战斗，盼你平安胜利归来！"一番妻子送郎上战场的动人情景，在记者袁春燕的稿中今又重视，令人十分感动。

家，不仅仅是温馨的港湾，而且这个家还给了叶晖参加抗疫战斗、逆风前行的动力，他是幸福的。

叶晖孝敬父母，热爱家庭，工作努力。他1987年转业，在《昆明日报》工作几年。采访、编辑、策划专题、开设栏目，把部队的好作风带到地方，搞得风生水起。当时，他已是很有作为小有名气的政文部主任了，然而他始终惦念着广东家乡的父母。那些年，妻子徐鲁苏还在部队，孩子也还小，小日子紧紧张张、辛辛苦苦。他和妻子商定好，待到她也转业，一家人再回广东老家，共同担起照顾老人的责任，以尽孝道。就这样，一直到1996年，叶晖等到爱人徐鲁苏转业后，一家人才团聚在一起，回到了父母身旁。

现在女儿淘淘长大了，正在莫斯科大学攻读博士研究生。听到国外疫情也很严重，女儿的处境时时牵动着父亲的心。他在市指导服务组积极工作，也是觉得自己在抗击疫情一线，应该有一个好的表现，战胜疫情，做个榜样，这样才能给远在国外的女儿一个信心。

指导服务组的同志对他的表现给予好评，老同志严格要求自己，事事处处率先垂范，不怕风险，勇于担当。共青团深圳市委副书记、驻沙井街道指导服务组组长袁志雄，在最后的总结鉴定中，给叶晖的赞语是："沙井春点兵，白发执甲行。"

坚守初心　其犹未悔

在部队时，叶晖冒着敌人的炮火，出入前沿阵地，采写了大量部队作战生活的新闻，记述了许多让读者耳熟能详的英雄故事。转业到地方工作以后，他很少提及这些往事。"好汉不提当年勇"，许多同事在一起工作多年，并不知道当年他曾是穿梭于枪林弹雨中的一名战地记者。

我和叶晖是同在一个部队参战的战友，转业后同在一个报社工作，纯属一种缘分。记得1992年的一天，在深圳市振华路兰光大厦，《深圳商报》旧址的老总办公室，碰巧见到前来报到的叶晖。由于久没见面，事先也没有过交谈，猛一见面，还真没有认出来。还是老总先开口："你们是昆明部队的战友，认识吧？"我看着叶晖，他比部队时更黑了些，谦和的脸上一双智慧的眼睛，带着微笑。"见兵三分亲"，更何况我们一起共同参战，那是一种特殊的经历，有着一种无法用语言表达的情感。我回答老总："认识，他是我们部队报社的记者。作战期间，他深入战区写过很多精彩新闻，我还记得。"《壮哉，出征三杯酒》《第一个登上老山主峰的女兵》《司令员动情演对唱》等等，我清晰地记得当年他写过的一些文章标题和内容。一见到久别重逢的战友有些激动，略显得话多了些。他倒是很平静，很腼腆地说了一句："那都是过去的事了。今后，还请多多关照！"他当时的谦逊随和，给我留下深刻印象。

他是老报人，1983年参加全国首届新闻职称考试，被评定为编辑。1987年转业到《昆明日报》，任政文处副处长、机动记者处处长。1992年调入深圳报社，在《深圳商报》任夜班编辑，在《深圳晚报》任总编室主任，在《深圳都市报》任副总编，在《宝安日报》任常务副总编。直到今天，他的专业技术职称和行政级别都没有什么变动。当记者问及他，是以怎样的信念对待自己职务、职称几十年不变时。他笑了笑说："多亏了有这样的坚守，才有了接受这次抗疫任务的资格。"

这次突如其来的疫情，是一次大战，也是一次大考。叶晖临危受命，将近花甲之年逆风前行，留下了一份合格的答卷。没有铠甲，没有防护服，更没有"病不沾身"的超人之术，叶晖有的是父母老一辈给儿子留下的宝贵财产——对党忠诚；有的是"猫耳洞"战地熔炉铸就的军人热血——听党指挥，服从命令，召之即来；还有的是他自己对入党誓言的始终坚守。这样，他在第一时间参加战斗，扛起了坚守社区防线的一份重任。

第一阶段任务完成后，单位接到市委组织部通知，下沉到基层指导服务组的第一批干部先行撤回。4月16日下午，深圳报业集团在38楼会议室召开座谈会。社长陈寅一句"欢迎回家！"使叶晖热泪盈眶。

他是一名有着38年党龄的共产党员，即将退休再被组织信任，他倍感温暖。他在会上说："新冠肺炎病毒突如其来，就我个人来说，既没有英雄情怀，也没有医者仁术，有的就是听党的话，服从组织安排，说去就去，没有二话；工作两个月后，组织部通知撤回，叫回就回，也没有二话。"他说，身为一个老兵，一个老党员，在大战面前，这是必须做到的。

看到袁春燕记者写的稿子，读了叶晖参加抗疫战斗的故事后，我与这位战友的微信，沉寂了一段时间后，又连上了线。我对他在抗疫工作一线的表现给予点赞，对他先后失去二位老人表示哀悼。知道他已近花甲退休在即，自然问到他今后的打算。他当下之愿，就是期待着能够快战胜疫情，疫情之后，人们的生活一定要过得更加幸福美好。他说："人们喜欢和平安稳，但也不惧怕战争。今后，还是那句老话：若有战，召必回。"

这就是叶晖！他参加了对越自卫反击作战，又参加了抗击新冠肺炎病毒防控的阻击战，有着我军"特别能吃苦，特别能战斗"的作战经历。古人云："自古知兵非好战"，追求幸福美好的生活，把自己的退休生活融入祥和安宁的环境中，这才是他的追求和期待。这也是他一个共产党员的初心，坚守这样的初心，并为之努力奋斗，其犹未悔。假如有一天，真的又有战役需要，他一定会"有召必回，有战必胜"，这就是一位共产党员、退役军人始终不变的英雄本色。

本文写于2020年7月31日，为纪念八一建军节而作，参加了"学习强国"广东学习平台"身边的感动"征文。照片由叶晖提供。

大爱旗帜下

——记深圳市义务工作者

2005年3月4日,首届深圳百名优秀义工评选结果揭晓。团中央书记处书记杨岳、深圳市委副书记白天等出席表彰大会,并为这些当代"活雷锋"和获"爱心指标"招调入户深圳的优秀义工代表颁奖。

从1989年9月创建时的19人,到2005年2月底的6万人,深圳义务工作者队伍在16年的时间里发展壮大3000倍。在"时间就是金钱,效率就是生命"这一口号发源地的深圳,何以会有那么多人愿意从事既要付出时间又要付出金钱的义务工作呢?从深圳义工发展的历程中,就能够找到深圳义工队伍发展壮大之谜。

深圳义工的"星星之火"

要了解深圳义工,不能不提到深圳早期义工的领头雁俞泓。

1989年5月的一个雨夜,时任深圳市建筑设计二院团总支书记兼市直机关团工委联络部副部长的俞泓,在市府一办附近的马路旁,遇到了一位因心脏病复发昏倒在地的老太太,旁边站着一位一筹莫展的老先生。俞泓和老先生马上把老太太送到医院,原来老太太是为寻找离家出走的孙女而昏倒的。俞泓根据提供的线索,在一家歌舞厅找到了他们的孙女并帮助开导劝说。待到一切安排妥当时,已是东方微亮的时候了。也就在这个黎明时分,创办为社会服务、为需要帮助的人们排难解忧的公益事业的思路轮廓在俞泓的脑海中形成。

20世纪80年代,深圳还是个人口平均年龄只有25.3岁的年轻城市,来自全国各地的年轻人在这块热土上奋斗着、求索着。然而,一些涉世未深的青年,常常面对生意场上的竞争、婚姻情感的波折、离乡背井的孤独、打工生涯的艰辛而失去内心的平衡,各类社会问题由此萌生。

"能否招募一些义务人士，开设青少年热线电话和信箱，让寂寞无助的心灵有个倾诉烦恼和获得帮助的渠道?"俞泓试探着把自己的想法和团市委青年权益保护部负责人何学文进行交流。俞泓的想法和何学文的想法不谋而合，他们越谈越投机。此后，他们多次商讨组织一支高质量的义工队伍，让有志于这项事业的年轻人充分认识到当"义工"不仅意味着奉献而且是一种挑战和锻炼。他们拟定了义工的必备条件，随后打电话到各区团委和集团公司团委招募义工。当时条件要求较高，要大专以上学历、深圳户籍人口、有一定的社会工作经验、年龄不超过35岁，面试后择优录取。俞泓第一个报了名。

1989年9月20日晚，名为"关心，从聆听开始"的青少年服务热线电话在深圳团市委权益部办公室正式开通，深圳市首批19名义工正式"亮相"。首批19名义工全部是团干部。他们是：俞泓、董世革、陈俞明、何学文、黄丽萍、陈耀文、钟首农、陈奕光、朱海文、张晓玲、朱桂明、刘燕军、梁冬青、练华、邱少波、刘梅英、王勇海、孔庆国、巫景钦。他们成了我国第一支真正意义上的义务工作者队伍。

作为这支队伍的负责人，当时还没有成家、连女朋友都没有的俞泓，把自己所有的业余时间都花在了自己挚爱的义工事业中。为此，曾连续5年蝉联深圳市甲级桥牌联赛冠军的俞泓，不得不放弃了自己的业余爱好。普通义工一般每周值一次夜班，而俞泓几乎每天晚上都待在值班室。有一天，一位青年临工在电话里说他想把老板杀了，然后自尽，他是带着寻求解脱的愿望跟俞泓诉说对老板的怨恨的。俞泓理解他的心情，但告诫他，即使有天大的矛盾，也不能以杀人的方式来解决。俞泓约他周末见面。见面后，俞泓和他谈人生、工作，探讨人应该怎样生活……临别，那个青年激动地握着俞泓的手，说这次交往终生难忘。

1990年6月6日，"深圳市青少年义务社会工作者联合会"正式成立，标志着全国第一个义务工作社团诞生。46名来自各行各业的义工欢聚一堂，听取了市义工联工作报告，通过了市义工联章程，竞选产生了第一届理事会。俞泓被义工们推选为市义工联首届理事会理事长，董世革、陈俞明被推选为副理事长，何学文被推选为秘书长。该组织是由共青团深圳市委发起，由志愿为青少年、为社会服务的社会各界人士组成的社会团体，具有独立法人资格，负责组织、协调全市义工服务行动。成立大会以后，市义工联以热线、信箱服务为依托，展开了一系列社会调研和服务活动。

在理事会的带领下，市义工联广泛关注和关心社会热点问题，并就外来临工问题和卖艺童、卖花童、乞童等社会现象广泛开展社会调查。为搞社会调查，俞泓和义工们骑着自行车走遍了深圳的大街小巷。《外来青工权益状况调查》《深圳教育状况调查》《寮棚户子女读书问题调查》《卖花童、卖艺童、乞童情况调查》等调查报告受到市委市政府有关部门的重视，为有关部门的决策提供了宝贵的资料，同时也大大强化了青年人参政议政的意识。

1992年6月14日，深圳市义工联第三届理事会第一次全体会议第一次对优秀义工进行了表彰。这次会议之后，市义工联开始尝试涉足为"特殊人群——残疾人"服务。

1993年7月，"深圳市青少年义务社会工作者联合会"更名为"深

《深圳商报》记者 吴峻摄

圳市青少年义务工作者联合会"。此时，俞泓因为在一家香港公司的分公司当总经理，接着又先后成了深圳两家公司的负责人，工作较为繁忙，故此不再负责市义工联的工作。此后，市义工联在会员学历、年龄、户籍等方面都放宽了条件，服务项目不断增加，队伍也不断壮大。

1995年4月2日，深圳市义工联第一次代表大会召开。市义工联再度更名为"深圳市义务工作者联合会"。这次大会标志着一个全市性的义工组织开始形成。大会之后，市义工联以建立义务工作体系为目标，大力发展各类服务机构和基层组织，建立完善义务工作运作机制。一个运作规范、机构健全、组织网络完善的义务工作体系渐露雏形。

1996年4月，为了与"中国青年志愿者行动"接轨，"深圳市义务工作者联合会"更名为"深圳市义务工作者（志愿者）联合会"。

1999年10月，深圳市义工联组织了"万名义工服务高交会"活动。12月，义工总数达到3.4万人。

2002年9月，深圳义工总数达到5.3万人。深圳市义工联成立病人服务组，2003年5月，更名为关爱探访组。服务人员由原来的10名义工发展到了120人，服务对象主要是癌症等晚期危重病人。

我为什么要去做义工?

义工的全称是义务工作者，即从事义务工作的人。而义务工作是指任何人志愿贡献个人的时间和精力，在不为任何物质报酬的情况下，为改善社会服务、促进社会进步、创建和谐社会而提供的服务。它具有以下五个特征：志愿性、无偿性、业余性、公益性和有组织性。义工，中国目前只是香港、深圳对义务为社会或他人提供服务的人的统称。这样的人在美国、英国、法国、德国、韩国、加拿大、新加坡、菲律宾等国家和地区，以及我国其他省市都统称为志愿者。

义工在服务他人、服务社会的同时，自身也得到了提高、完善和发展，精神和心灵得到满足。因此，参与义务工作，既是"助人"，也是"自助"；既是"乐人"也是"乐己"。

深圳义工是特区这块改革开放试验田中长成的精神文明之树。深圳义工依托共青团组织，它的主要活动是协助党和政府化解社会难点和矛盾问题，促进社会稳定和进步。做义工，乘车赶往服务地点，买东西看望孤寡老人或孤儿、病人，都得自己掏钱。这些，义工都心甘情愿。其中：当义工三年，服务时间800小时以上，84岁的邱月娥老人成为深圳市首届百名优秀义工中年纪最大者。

"我做义工，是因为在我最困难的时候义工帮助了我。"在宝安区宝恒义工服务中心的谢海燕说。这位芳龄21岁的花季少女是前年8月从广东阳江来到这家企业打工的。去年8月下旬，她由普通感冒转为重感冒，不但讲话困难，连下床也困难。同宿舍的一位女孩打电话到宝恒义工服务中心热线组求助。女义工曾树球、李耀平等马上赶来将她送到医院，并轮流到医院照顾她使她很快地恢复了健康。"这件事，使我在远离家人的深圳感受到了家庭的温暖，也使我下决心做一名义工，在业余时间为有需要的人提供帮助。"于是，她在去年9月成为宝恒义工服务中心青年服务组的义工。

在深圳农行上步支行工作的义工骆仕英，看到同事陈利珍等参加了义工后，精神面貌显著变化，于是她也毅然报名参加

参加深圳大运会颁奖礼仪志愿者选拔赛的美女。
《深圳商报》记者 吴峻摄

义工。她在"生命之光"帮教服务组，帮教的对象是劳教所黎姓学员。她了解到这位学员因抢劫而"二进宫"，对他失望之极的妻子想离开他。骆仕英苦口婆心地开导他，要他设身处地为妻子着想，不要一味地怪妻子无情，要使妻子回心转意，他最好的办法是好好改过。随后，又去做他妻子的工作。经过给双方做工作，他妻子不再提离开他的事了，还到劳教所看他。后来，他被减刑两个月。骆仕英说，看到自己的付出有了成效，真是开心极了。

"行善积德是我做人的宗旨，做义工也是行善积德。"有着法学理学双学士的殷爱玲说，"市义工联前年8月招募服务高交会义工时，我毫不犹豫地报了名。因为我觉得高交会是深圳的一件大事，而服务高交会对自己是一种难得的人生经历。"她原来打算只在服务高交会时做上5天义工，可在报名不久了解到，做义工并不需要有大块的时间。有时间可以多做几次，没时间一个月做上一次、二次也行。碰上一个季度抑或半年有事做不了义工，事先打声招呼即可。为此，她先报名参加了热线咨询组义工，每两周花一个晚上的时间到市义工联接听热线电话，后来又报名参加了信箱服务组义工，为一些有心理问题的青少年回信，同时审核一些义工的回信，因为这些工作都可带到家里去做。殷爱玲说："做义工使我认识了不少好人，自己也多了一种做人的途径。在帮助别人的过程中，自己的心灵也得到了净化，觉得特别开心。"

义工厉冰说："我想为美丽的深圳增加一道风景线，还想通过献上自己的一份爱心为社会、为这个城市、为这里的人做点有益的事。"

义工杨显琼说：" 我想利用空闲时间，让需要帮助的人得到更多的温暖。"

义工黄映红说："因为我既有成功的经验，也有失败的教训，对失败时渴望得到别人帮助的处境体会尤深，所以我想用自己的热情和爱心帮助受挫折的朋友走出迷惘。"

更多的义工说："因为我有慈祥的双亲，所以我希望天下的老人都能安度晚年；因为我有快乐的童年，所以我希望所有的儿童都幸福快乐；因为我有美满的家庭，所以我希望天下有情人终成眷属；因为我有一份安定的工作，所以我希望我的同龄人都能安居乐业。为了报答生活对我的厚爱，我要为我们的社会和身边那些需要帮助的人尽一点微薄之力。"

深圳义工走出广东迈出国门

深圳义工在本地开展义务服务的同时，逐渐把服务范围延伸到全省全国乃至国外。

市义工联的热线服务组自1990年开始就有深圳之外的求助者打来长途咨询电话，市义工联的信箱服务组也在这一年有了深圳之外的求助信。这些咨询者和求助者，在接受义工服务方面均享受到了与深圳市民同等的待遇。

深圳义工走出深圳开展义务服务始于参加"青年志愿者扶贫接力计划"。"青年志愿者扶贫接力计划"是由团中央和中央文明办共同制定并组织实施的一项活动。主要内容是：从1998年起，用3年的时间，以定期轮换的方式招募和派遣志愿者到贫困地区，从事农村中、小学教育和文化、科技、医疗等方面的服务。

深圳市"青年志愿者扶贫接力计划"由团市委、市文明办、市义工联共同组织实施。自1998年起，每年招募20名志愿者到贵州毕节、黔南州地区从事中小学教育工作，志愿服务时间为1年。凡具有大专以上学历，深圳常住户口或暂住户口，年龄在20至35岁之间，具有较好的思想和身体素质，能够适应农村基础教育的服务要求，志愿为贫困地区提供1年志愿服务的青年均可报名参加。组织单位向志愿者提供每月基本生活补助、大病医疗和人身意外伤害保险及交通补助。

尽管每年只有20个扶贫支教名额，但1998年就有3600人报名"竞争"，张济波、沈宇岚、郭祥萍、毛凯、张巍、曾小东、李季春、陈友忠、李健、王瑾、曾缨雨、郭子韵、王激、包伟华、邓新民、李泓霖、王冰峰、薛恒、温慧琴、伍时沛成为深圳第一批赴黔支教志愿者；1999年有3800人报名"竞争"，徐勇、荣路清、黎勉予、张启明、毛雅秀、魏小红、罗成、陈建非、徐露颖、刘东蓉、贺安安、赖力文、叶敏、陈凤荣、唐宇章、廖振辉、黄燕、李伟华、黄毅、巴志敏成为深圳第二批赴黔支教志愿者；而2000年报名"竞争"的人数达到4200人，程海鸿、吴剑、朱蓉、邓小芳、黄志刚、颜倩明、马集、曾秀媚、周广顺、王单丹、邓清泉、张旅、赖挺立、郑丽娣、赖其雅、叶滨洁、巫小军、陈锦辉、陈文利、宋俐晴成为深圳第三批赴黔支教志愿者。

2000年8月，深圳青年踊跃报名参加扶贫支教一事受到团中央的好评。团中央特委托深圳市招募10名志愿者参加团中央组织的赴广西百色和四川静乐的志愿服务工作，深圳义工肖德刚、杨洋、朱德强、刘永沛、黎彤杲成为赴广西百色的扶贫支教志愿者，谢清良、黄晨、何敏毅、李海霖、修春景成为赴四川静乐的扶贫支教志愿者。

此外，深圳团市委、市卫生局、市义工联等单位还组织了两批义工到梅州三县"扶贫支医"。

深圳义工迈出国门开展义务服务始于2002年。

2002年3月29日，《深圳商报》发表了题为《中国志愿者开始走向世界》的消息。消息说，中国第一个外派老挝项目将面向全国招募5名志愿者，活动由团中央、中国青年志愿者协会共同组织实施。这是我国第一次开展向国外派遣志愿者服务，最终被选拔出来的5名志愿者将被派往老挝首都万象及周边地区从事语言教育、计算机培训、医疗卫生等方面的志愿服务。

深圳首批赴黔支教志愿者之一，此时已出任深圳竹园小学副校长的李泓霖看到消息后，不由心中一动。他想起了那些在贵州度过的日子。在那里，他知道自己的背后是深圳，对于贵州贫困山区而言，他们就是一张代表着深圳的名片。那么，如果能代表中国去老挝开展志愿服务，又该是一种什么样的感觉呢？他想，助人是应该没有国籍地域限制的。于是，他用特快专递将自己的材料寄到了团中央。

2002年4月11日，他接到团中央通知：马上赴京参加笔试和面试。来回机票花掉了他一个月的工资，到了北京他才知道，这次招募志愿者的活动，共吸引了1000多人报名参加，最后获得考试资格的只有15人。经过笔试、面试，李泓霖以总分第一名的成绩成了我国首批赴海外服务的青年志愿者之一。出发前他被团中央委以重任，被任命为志愿服务队队长。

2002年12月5日，载誉归来的李泓霖受到团中央表彰，成为首批3名"中国青年志愿服务金奖"获得者之一。当天下午，李泓霖在清华大学讲述了自己和其他4名志愿者在万象的经历，报告几次被掌声中断。李泓霖说："深圳义工全国闻名，能为深圳争得首枚'中国青年志愿服务金奖'的荣誉，我很自豪。向海外展示中国青年的精神风貌、深圳青年的奉献精神，也是我赴老挝支教的最初心愿。"2003年，这位为社会义务服务达3800多小时的深圳市义工联"五星级义工"，在毛泽东等老一辈革命家号召"向雷锋同志学习"40周年前夕被中宣部、中央文明办、解放军总政治部和团中央定为全国学习雷锋、志愿服务先进个人典型。

深圳义工队伍的发展壮大以及取得的成绩离不开社会各界的关心和支持。深圳光明街道为义工联培训组提供良好的培训场地。

深圳有组织地派遣义工赴国外服务则是在2002年。这年12月22日，深圳义工联又派遣了市侨办汪磊、市水务局何珊、笋岗中学初三年级语文老师陈今越、桂林理工大学在读研究生李海清以及在市内一家民营企业工作的钟永期和市内一家港资软件公司工作的李强6名义工，到缅甸首都仰光和古都曼德勒进行国际义务服务，在当地开展为期6个月的中文、计算机教学工作。他们从全市1600多名报名者中脱颖而出。除李强和钟永翔在缅甸政府培训机构从事计算机教学外，另4名义工均在缅甸高校从事中文教学工作。他们中，有的放弃了报考公务员的计划，在职研究生也只能休学一年再读；有的将损失半年的收入，以此来换取一种独特的经历；有的辞去工作，回来后还得重新求职……他们自愿放弃深圳舒适的生活，远离家人和朋友，到欠发达国家去，为那里的发展奉献自己的力量。

此次深圳义工赴缅甸支教活动，由共青团中央和中国青年志愿者协会主办，团市委、市义工联和《深圳商报》承办。这既是中国青年志愿者首次赴缅甸开展服务，也是深圳市义工联首次向海外派遣国际义工，标志着深圳义工服务进入一个新的发展阶段。

2003年6月，何珊、李海清结束在缅甸的支教工作按期回国。汪磊、陈今越、钟永翔和李强经缅甸方面的要求以及中国共青团中央和中国青年志愿者协会批准，将国际义务服务的时间延长半年，他们于2003年12月才返回深圳。

2005年，深圳市义工联还计划派遣国际义工到非洲的肯尼亚服务。

用"爱"创建和谐深圳

深圳义工组织是全国第一支义务工作者队伍。第一支义工队伍出现在全国第一个经济特区，并不是偶然的，正如时任深圳市委书记厉有为指出的那样："义工精神是深圳精神的具体体现，是深圳十几年来改革开放中精神文明建设的成果。精神文明建设与物质文明建设的相辅相成，是义工联诞生的社会原因。"

经过16年来的发展，深圳义工人数已由当初的19人迅速发展壮大到现在的6万人，开设了19大类30多个项目的义务服务。这些义工中既有机关公务员、律师、新闻记者、在校学生、教育工作者和医务人员，也有私企老总、外来劳务工、离退休老人、家庭主妇及下岗工人。深圳义工85%是青年，80%拥有大专以上文化程度，年龄最大的84岁，最小的21岁，服务时间超过500小时的"五星级义工就有1151人。全市已建立了1个市级、6个区级、2个镇级义工联、53个义工服务中心、255个义工站、278支企事业单位义工队，有团体会员441个，形成了义务工作的四级组织架构。同时，在各级孤儿院、老人院、残疾人康复中心、外来青工集居地、大家乐舞台等地建立了143个义工服务基地。

人们因"爱"而集在义工旗下，又把"爱"洒向人间处处。遍布全市的义工默默奉献着，一块块干涸的心田被滋润了，一颗颗创伤的灵魂被抚平了。许多人在义工联的帮助下渡过困境，不少突发事件和悲剧因此被遏制。深圳义工在深圳的社会管理和社会服务中发挥越来越大的作用。16年来，深圳义工累计接听热线电话超过6.8万人次，回复青少年来信2万多封，为残疾人、老人、病人提供护理、陪伴服务5.5万人次，为中小学生提供心理辅导、社会实践服务11万人次，为戒毒所、劳教所被管教的青少年提供探访、谈心、联谊服务达3900多人次，为外来青工提供法律援助700余人次，为民政、环保、城管、残联、文化等政府和社会团体提供机构服务30万人次，为创建国家卫生城市、抗洪救灾、扶贫支教、高交会等大型活动提供服务72万人次，全市参与过义工服务的市民超过300万人次。深圳义工赢得了社会各界的普遍赞誉，"有困难找义工，有时间做义工"在深圳市如今已家喻户晓。深圳市义工联也先后被评为"全国青年志愿者行动先进集体""广东省青年志愿者行动杰出集体"，还被团中央授予"为大型社会活动提供志愿服务先进单位"称号。2004年，深圳市义工联又荣获"中国十大杰出青年志愿服务集体""深圳市人民满意的社会服务集体"等荣誉。

深圳义工队伍的发展壮大以及取得的成绩离不开社会各界的关心和支持。

1996年5月15日，时任深圳市委书记厉有为，市委常委、宣传部部长邵汉青到市义工联检查工作。厉有为高度评价"市义工联是一个平凡而伟大的社团，是一个充满牺牲和奉献精神的群体，义工精神值得全社会学习。"

2000年12月5日，在国际义工日暨深圳市义工联成立10周年座谈会上，时任广东省委副书记、深圳市委书记张高丽等市领导与来自深圳市各行各业的26名义工代表亲切座谈。张高丽强调，深圳义工为深圳的"两个文明"建设作出了重大贡献，深圳义工联的工作是出色的，深圳义工是好样的。深圳义工的奉献、友爱、互助、进步精神是深圳人精神风貌的一个缩影。

2003年3月6日，广东省委副书记、深圳市委书记黄丽满在和优秀义工代表座谈时动情地表示："你们是深圳精神的典型代表！包括我在内，全市人民都要向你们学习！"

2005年2月25日，《深圳市义工服务条例》经深圳市三届人大常委

深圳市义工联是"全国青年志愿者行动先进集体""广东省青年志愿者行动杰出集体"，还被团中央授予"为大型社会活动提供志愿服务先进单位"称号。图为深圳光明街道培训服务组合影。

会第三十六次会议审议通过。作为对义工无私奉献的一种"回报"，鼓励和引导更多人参与到义工服务事业中来，义工服务条例对义工的权利、义工在服务中受到损害后应获得法律赔偿进行了规定：义工有困难时将优先得到义工服务，义工按照服务组织安排开展服务时对服务对象造成的损害，将由义工服务组织承担损害赔偿责任，服务对象对义工造成损害的，义工有权追偿损失。条例还提出，"政府应鼓励有关单位在招工、招生时，在同等条件下优先录用、录取有义工服务经历者"；此外，为规范义工服务活动，推动义工服务事业的健康发展，弘扬社会主义道德风尚，避免义工遭遇被当作"廉价劳动力"等种种尴尬，法规还对义工的定义、服务范围、注册条件、义工的义务等方面都做了详细的规定。

2005年3月，深圳义工联与深圳市劳动和社会保障局联合评出深圳首届百名优秀义工，其中非深圳户口当选者可以调入深圳。市劳动和社会保障局还为首届百名优秀义工的全部当选者提供一次免费自选培训，可供选择的技能培训达到200多项。深圳市劳动和社会保障局党组书记、局长管林根说："在关爱行动中，全市的义工们倾心倾情关爱需要帮助的人，起到了很好的模范作用，值得全社会的尊敬。但是，义工队伍中有些人本身生活也较为困难，有些还没有深圳户口，义工们同样需要政府部门和社会各界的关爱。为此，市劳动和社会保障局今年调整招调义工政策，联合义工联等相关单位建立'爱心指标'，调入优秀义工，更好地构建'和谐深圳'、'爱心深圳'。"

深圳文史委文史课题。合作者为《深圳商报》记者刘良龙。原载《深圳文史》2005年第七期，文中数字，机构名称和人物职务等信息，均以当日信息为准。照片除署名者外，由深圳光明街道义工联工作站高贵亮提供。

希望之星

——"锦绣中华"员工遵守职业道德的故事

1991年3月26日，中国科学院紫金山天文台将新发现的3088号小行星命名"锦绣中华星"。命名仪式上，紫金山天文台台长张和淇教授说："用'锦绣中华'来命名3088号小行星，是因为'锦绣中华'是中华民族智慧的结晶，并以它灿烂的艺术瑰丽和独特风姿，吸引着世界各地的游客。这样一个对人类艺术宝库作出贡献的景区，是完全有理由享受这一荣誉的"。

——作者题记

良好的开端是成功的一半

当"锦绣中华"开业的锣鼓声震动了一度低迷的国内旅游界，业内人士从这个新景区的诞生看到了曙光和希望并为之兴奋的时候，也有人投来了怀疑的目光。一位日本旅游界人士更是直言不讳地说：中国人建得了"锦绣中华"，但中国人管不好"锦绣中华"，并断言：最多管半年，以后就不行了。

然而，事实并非像这位日本人预言的那样。半年过去了，一年过去了，四年过去了。"锦绣中华"经受住了时间的检验，它的管理受到了国内外各界人士的广泛赞誉。现在，已有包括日本在内的30多个国家的文化旅游业人士前来洽谈"锦绣中华""中国民俗文化村"的输出项目。"锦绣中华"的成功，不仅是设计者的成功，管理者的成功，更是"锦绣中华"全体员工遵守崇高的职业道德、辛勤劳动的结果。

最近，我们来到这生机盎然的美好"国度"里，撷取了几朵鲜花，献给我们的广大读者和这改革开放的时代。

"大陆同胞真好！"

去年3月的一天，细雨蒙蒙。"锦绣中华"景区像往常一样，迎接着慕名而来的游客。一群身着红色太空服的残疾青年，乘着轮椅兴冲冲地从闸口进来了。秀丽的祖国山河举目可望，可眼下，他们被数十米深的石阶难住了……

就在犹豫张望之际，一位保安员首先发现了他们。他迅速奔上石阶，跑上前去，俯下身子将一位残疾青年背起，沿着石阶一级级地走下来。当他背完第三个游客时，另一位巡逻至此的保安员也跑上前来"增援"，当时驻足周围的游客，看到保安员把6名残疾游客全部背下台阶后，不禁热烈鼓掌。被保安员从高台阶上背下来的游客此时眼睛湿润了，他们连声谢道："大陆的同胞真好！"原来，他们是千里迢迢从台湾来的客人。

听了这个故事，记者想去采访这两个保安员。可是，我们一连问了几个保安员，也没问出他们的名字。他们说，每天在"锦绣中华"巡逻，经常碰到这种情况，我们每个保安员都背过残疾游客及行走不便的老人和孩子，这已成为我们应尽的职责。你们要采访的是哪一次，哪一位呢？

黄积发，一个平凡而又不平凡的人

当无数游客踏入"锦绣中华"，慨叹"一步迈进历史，一日畅游中国"的恢宏构想制造了一个又一个惊奇和自豪的时候，在景区东边孔庙景点的洗手间里，同样在制造着惊奇和自豪。而令学者和众多游客为之赞叹的管理者，却是"锦绣中华"的一位普通员工——黄积发。

当我们来到孔庙洗手间时，只见窗明几净，绿影婆娑，金鱼戏游；但闻音乐绕梁，幽香阵阵……我们看到黄积发正满面春风，笑容可掬地为游客喷肥皂液洗手、递纸巾，然后又为游客吹风梳头，整理发型，游客高兴得连连道谢。我们与一位刚刚走出这一洗手间的游客交谈起来。这位来自湖北的游客对我们说："去过很多地方，没有见过这么干净的洗手间，也没有见过这么热心的管理员。"陪同我们来的锦绣中华场务部领导告诉我们：黄积发的三个春节都是在洗手间度过的。今年春节初一、初二两天，客流量达到高峰，进他洗手间的游客一天有3000多人。他既要冲水、拖地，为游客喷肥皂水洗手、还要为游客整理发型，跑前跑后，忙得浑身是汗，连中午饭都顾不上吃。在万家团聚欢度春节的时候，黄积发却在洗手间度过了三个繁忙的新年。

　　锦绣中华洗手间的清洁工人黄积发，干一行，爱一行，使小小洗手间成为旅游景区的第八十一个景点。《深圳商报》副总编辑冷鸿文和记者冯明在锦绣中华景点采访黄积发（左三）。

去年，场务部曾考虑给他调整到行政管理岗位上，但是黄积发谢绝了。当记者问起怎么不愿调换个岗位时，他说："离开了洗手间这个熟悉的岗位不自在，继续留在洗手间，直接为游客服务，这样觉得心里踏实。"多么朴实的话语，多么好的员工！我们正是从他的普通、平凡中了解到他的不平凡。诚如去年《深圳商报》报道的那样："黄积发靠敬业精神，在投以巨款建成的'锦绣中华'80个景点之外，用良好的职业形象制造了闻名遐迩的锦绣中华第'81景'"。

春风拂面来

祖国的滇西高原，有着数不清的雄奇瑰丽的绵绵群山，有着众多的柔媚多情的潺潺溪流。这奇山秀水孕育了勤劳智慧、热情、质朴的民风。在中国民俗文化村的纳西寨，有一位来自玉龙雪山之下、丽江之畔的纳西族姑娘曹丽春。

不久前的一个下午，我们来到纳西寨，采访了这位年方18岁、才从家乡来中国民俗文化村工作两个多月的曹丽春姑娘。当我们说要采访她时，曹姑娘瞪大眼睛，一脸惊讶。于是，我们说明来意，想了解她曾接待过的一位美国老华侨三进纳西寨的故事。她听后便甜甜地笑起来，接着就向我们讲述了那次的经历。

今年7月26日晚，时间快到晚7点了，忙碌了一天的曹丽春正要关上寨门准备下班，迎面走来一位60多岁的老人。老人说："姑娘我路不熟，找到你们这里已经晚了，能不能让我进去看看？"按照公司规定的作息时间，现在该下班了，可是曹丽春看着老人一脸期待的神情，怎能忍心拒绝他呢？于是，她顾不得一天的劳累，上前扶着老人进了寨。曹丽春一边领着老人参观，一边做介绍。从东巴文化开始，将纳西族的历史文化、民俗民风向老人做了详细讲解。老人听得非常高兴，又问她能不能唱首纳西族民歌，曹丽春爽快地答应了，一连唱了几首民歌。老人一边听，一边认真地记下了民歌的词、曲。第二天，老人又走进纳西寨，找到曹丽春说："小妹妹，你的心真好，昨天我没带相机，今天专门来与你合影。"第三天，老人再次来到纳西寨，找到曹丽春说："小妹妹，我叫陈子川，现居住在美国旦尼维利，你的热情服务令我感动，我明天就要回美国去了。今天特来道别，谢谢你！"老人走了，他带着美好的印象，带着"锦绣中华"员工留给他的春风般的微笑走了。

曹丽春告诉我们，前不久，老人来信了，并寄来了他整理好的纳西族民歌集和音乐磁带。信中说，明年春天他会带一个美国少数民族考察团来"中国民俗文化村"，还要去曹丽春的家乡——丽江市纳西族实地考察。

他把生命注入跳跃的音符

在"中国民俗文化村"众多的歌舞表演项目中，最为激动人心的表演场面，当属入夜时分那壮观的民族艺术大游行。在这支游行队伍中，一位上身赤裸，长发披肩的小伙子，站在高高的大鼓车上，舞动两扇车轮般大小的铜镲，一派豪放。由于他那健硕的体格，黝黑的肤色，尤其是他挥动着十几斤重的大镲，"咚锵、咚锵"舞得那么投入，那么酣畅，吸引了无数目光。这位从云南阿瓦山走出来的佤族青年岩罗，硬是把一辆沉闷单调的大鼓车拉上了艺术大游行的高潮。去年，他随"中国民俗文化村"土风歌舞团赴香港演出，引起轰动，受到香港娱乐圈的特别青睐。多家影视娱乐公司开出高价聘请他留港演出，他一一谢绝，仍旧回到民俗村继续他的每天神气十足的"舞镲运动"，为成千上万的游客表演。当初曾出重金想聘请岩罗的香港某娱乐公司老板事后还几次来"中国民俗文化村"，观看岩罗的表演。他对"锦绣中华"公司的负责人说："你们这里的景区景点美、歌舞美，我都非常羡慕。可最为羡慕的是，你们有一批敬业乐业，有着高尚职业道德精神的好员工。"

我们采访到岩罗。问他，现在许多人拼命想赚钱，你为什么却回绝重金聘请。他说："当初走出大山到深圳，就不是想着来赚钱。

我代表我的民族来这里表演，我只希望能通过我的表演，使人们能更多地了解我们民族，喜欢我们民族。合同期满以后，我还会回到家乡去，为乡亲们服务。"

他们，有一颗金子般的心

坐在我们面前的是场务部三名普通的员工。施济腾、莫跃强是景点管理员，叶少莲是"环卫阿姨"，即清洁工。从去年12月至今年9月，他们三人先后多次拾到人民币、港币、台币、金银首饰等折合人民币约30万元，全部如数交还了失主。今年9月11日下午，正在"少林寺"景点附近巡视的施济腾，看见一名男士抱着一个女士用包匆匆走来，便上前询问。那男士说这包是在附近拾到的。小施接过包打开看，哇！包里有几叠千元一张的港币和台币，还有两本护照和其他证件。小施见周围没有找包的人，便向场务部走去，准备通过广播寻找失主。路上又遇见一位女游客慌慌张张地跑来，样子十分焦急。小施主动上前问她是不是找提包，女游客回答正是，施济腾请她到场务办公室去，在核实证件、款数之后将拷包交还给她。女游客感激万分，连声称谢，说："你救了我一命，不然我就回不了台湾的家了。"场务部经理为我们找出了当时那位女台胞留下的收条。收条这样写道："本人李世忠（护照的名字），收到遗失背包内有护照及港币、新台币十几万，无误。李世忠。"

莫跃强，这个20出头的小伙子，来"锦绣中华"工作刚满两年，去年和今年两次共捡到现金和金首饰折合人民币6万多元，全部如数交还了失主。去年12月底，莫跃强在"佛山祖庙"景点附近捡到一个大提包，发现内有6条金项链，还有1万多元现金和一些发票，当即交给场务部通过广播寻找失主。当那位从福建来的失主取回钱物时，感激得当场就要向小莫下跪致谢，并拿出500元酬谢小莫。可是，都被小莫谢绝了。

清洁工叶少莲今年3月捡到一位台湾空姐的手提包，内有2万多新台币和1万多港币。当叶少莲把失物交还给她时，这位空姐感慨地说：

"'锦绣中华'的员工都有一颗金子般的心啊。"

在采访这三位拾金不昧的员工时，有记者曾数次发问，请他们谈谈拾到大额现金时是怎么想的，想从中发掘几句"闪光的语言。"遗憾"的是，他们三位捡到现金时既没有激烈的思想斗争，事后也没有半句"闪光"的话，回答我们的只是："这是应该的""公司的员工都是这样的""这样的事多得很"。望着他们一张张普普通通的面孔，听着他们吐出的平平淡淡的话，才知道，这平平淡淡、从从容容是最真。

人间自有真情在

今年8月14日晚，5名湖南郴州来的女学生在游完"锦绣中华""中国民俗文化村"之后，因与深圳市的朋友失去联系，只好在华侨城附近找价格便宜的招待所。但是，几家招待所都已经客满。靠父母资助来深圳旅游的5名学生住不起宾馆酒店，只好蜷缩在"锦绣中华"微缩景区入口处的石阶上休息，大约10点多钟，正在值夜班的保安员姜志华出于治安的考虑，请她们离开。5名女学生讲出了她们的困境，姜志华当即通过熟人与附近一家招待所联系，结果也是客满。姜志华觉得让她们露宿入口处，一不允许，二不安全，在同另一保安员商量后，破例让5名女学生住进了景点"苏州街"出口处的值班室里，还为她们送来热水。姜志华自己却在"苏州街"站了整整一宿。当5名女学生返回湖南后，给"锦绣中华"总经理写来一封热情洋溢的信："……受到这样的关心，起初，我们还以为姜志华有什么不良企图，然而，姜志华的行为却使我们为自己曾产生的误解而惭愧，心中油然而生敬佩之情。谁说这个社会没有人情味，我们要大声疾呼，在祖国的南疆——深圳'锦绣中华'，有这样一位好保安，他鞭策着我们去帮助别人，关心别人。感谢总经理先生培养出这样好的保安人员！"

在"锦绣中华"，这样热心为游客排忧解难的好保安又何止姜志华一人！

锦绣中华美丽的夜景

然而在今天的现实生活中，并非到处都是鲜花盛开，阳光明媚。在大潮涌来的时候，沉渣也时有泛起。记得前不久本市某证券杂志曾刊登一篇文章，其中说到一场大雨把某证券部的顾客堵在厅内。这时，一位青年"灵机"一动，把散落在门口的砖块"垄断"起来，然后以每块砖5元的价格卖给被围困的人们当垫脚石，堂而皇之地做起了"垄断"生意。这种利欲熏心、乘人之危发不义之财的事并非鲜见，这些丑陋现象与"锦绣中华"员工的感人事迹两相对照，让我们觉得"锦绣中华"这朵鲜花更加高洁、可爱。

当台风袭来的时候

今年9月17日，二号台风袭击我市。为了游客安全，锦绣中华有限公司总经理室一大早便发出通知：休园一天。除值班的员工外，其余员工得到通知后纷纷回家休息了。到中午，风力减弱，"锦绣中华"广场渐渐地来了许多游客，到下午两点钟左右，两景区入口处聚集了两千多位游客，尽管值班的公司干部、保安人员一再向游客解释，由于受台风袭击，景区内树木断枝横卧，落叶满地，有的地方积水很深，部分景点也遭到损坏，需要时间去清理修复，劝游客改在第二天来游览，但大部分游客不愿离去，一再要求进景区参观。这时，景点的管理员、清扫工都在家中休息，景区内又十分凌乱，怎么办？主持日常工作的副总经理马启谋先生当即宣布："下午3点钟开园！"一声令下，公司全体机关干部和部分值班人员立即跑步前往景区突击清扫。同时，各部门也分头通知在家员工尽快返回工作岗位。干部、员工们迎着风，蹚着积水，搬掉横在道路上的树干、树枝，清扫满地的树叶和污物，疏通管道排除积水，清洗和抢修被水浸过的电瓶车。由于一线部门人手少，一些管理干部有的充当景点管理员、清扫工；有的驾驶电瓶车；有的到闸门检票等，整部机器又运转起来。下午三时整，马副总经理带领部分经理准时站在了"锦绣中华"入口处，欢迎游客光临。开园后，一些游客主动找到公司领导和干部，表示问候，有的说："我们通过你们的行为，真正体会到了什么是'优质服务'。"

在发展社会主义市场经济的今天，服务水平的高低，服务质量的优劣，无疑成为企业管理的重要内容，同时也是企业之间相互竞争的重要砝码。"锦绣中华"的管理者正是深刻地认识到这一点，不仅把优质服务视为企业的生命线，不断强化内部管理，而且还把优质服务作为一种公关手段，通过全体员工高质量的服务在游客中达到"口碑"宣传的效应。正像许多游客对"锦绣中华"赞扬的那样，锦绣中华山美、水美、员工的心灵更美。

今天，"锦绣中华""中国民俗文化村"向社会递交了一份合格的答卷。两景区分别于1989年和1991年建成开放以来，以其绚丽的风采，独特的魅力，风靡大江南北，赢得了海内外游客的赞誉，取得了显著的社会效益和经济效益。截至目前，两景区共接待游客2100多万人次；平均每隔10天就有一位国家领导人或外国元首、政府首脑踏上这片神奇的土地。1992年春，邓小平同志南方视察期间，亲临两景区视察，称赞两景区搞得不错。江泽民总书记曾题词：锦绣中华是进行爱国主义教育的好场所。

锦绣中华山美、水美，员工的心灵更美。

在巨大的荣誉面前，"锦绣中华人"并没有陶醉于眼前的成功，而是积极探索海外市场。本月圣诞节期间，一座占地近百英亩，投资1亿美元，展示中国60多处名胜古迹的复原或缩微景观的"美国佛罗里达州绣锦中华"将向美国人民开放。为此，深圳"锦绣中华"已派出了百余人的民族歌舞表演人员、民间工艺制作人员和服务人员飞往美国，为弘扬民族文化，架设中美两国人民友谊的桥梁做出新的贡献。

本文原载《深圳商报》1993年12月28日。合作者《华侨城报》记者杨超，《深圳商报》记者胡啸南。文中数字、机构名称和人物职务等信息，均以当日信息为准。照片由杨超提供。

以点带线　推动一片

——深圳商报社牵手军警民共建安全文明商报路

在深圳市中心区附近莲花山下、新洲河畔，最近出现了一条治安情况良好、沿途环境优美的安全文明路——商报路。这条路，就是深圳市安全文明标兵小区单位深圳商报社提议，由武警七支队15中队、景田派出所、景龙小学、置兴实业有限公司等13家单位共同参与创建的。

军警民共建安全文明商报路，于1997年11月4日、1997年12月8日分别通过了福田区和深圳市安全文明小区检查组的检查验收。检查组组长、罗湖区区长助理张云同志说："共建安全文明商报路，是安全文明小区建设'以点带线、推动一片'的有益探索，是我市创建工作的一个创新，具有重要示范作用。"

认识统一　领导重视

商报路东起商报东路，西至香梅中路，长1.1公里；商报东路北至莲花路，南至红荔西路，长0.65公里。已入住商报路两侧区域内的除深圳商报社外，还有小学校两所、宾馆一家、小型住宅5处、工业区一个、自然村一个、综合市场一座、小型医院一家、加油站两家，还有71家工商个体户开办的店铺、餐馆、发廊，从业人员178人。正在建设施工的有财政大厦、鲁班大厦、富林花园等。该区域内的狮岭居委会管辖着1025户3141人常住居民，加上工作生活在这个路段的各类员工，达5000多人。商报路地处新的市中心区，道路交通发达，每天过往车辆近万次。

1997年3月25日，商报路沿线的商报广场被市委、市政府授予安全文明小区，天健工业区、市公交集团小区、机场公司小区被授予安全文明优秀小区。当时，分散的、数量有限的安全文明小区并没有改变商报路的总体面貌。商报路存在着不少问题，如公共卫生脏乱差，运送泥土车沿路溅洒泥土，乱接的电线纵横交错，园林绿化无人问津；个体工商户无公共道德意识，随意占道经营，垃圾污水乱泼乱倒；违法小广告到处张贴，言词不堪入目；还有犯罪分子抢夺行人传呼机、项链等事件时有发生。

　　针对这种情况，获得安全文明标兵小区荣誉后的深圳商报社向沿线各单位发出了按市安全文明小区标准建设安全文明商报路的倡议。深圳商报社总编辑高兴烈认为，搞好一条街（路）的安全文明建设难度很大，但是一定要搞好。因为一条街（路）的治安秩序、卫生环境，更能代表一座城市的安全文明建设水平。他对报社创建办公室的同志讲，"我们要有这样的社会责任感，发挥标兵小区的带头作用，把商报沿线单位连成一线，搞更大的安全文明模范区。

　　深圳商报社是商报路最早的入住单位之一，是全市文明单位，是全市安全文明标兵小区。商报路沿线单位一致推举深圳商报社为共建安全文明商报路牵头单位。

将安全文明小区建设工作连成一线，共建安全文明商报路，反映了沿线各单位的意愿。这些单位的领导普遍认为，将所在的这条路建成安全文明路，可以巩固和扩大创建成果，提高创建水平，丰富创建内容，对社会贡献更大。取得共识之后，他们签订了协议，确定了共建方案和各自承担的职责与义务。参与共建单位的行政领导都参加了共建工作，组成了由深圳商报社总编辑高兴烈任创建委员会主任，华富街道办事处党委书记黄卓君、景田派出所所长王巧海等为副主任的领导班子。

勇于牵头　健全组织

创建安全文明商报路，是一项跨系统的综合治理工程。共建方案规定，要通过创建活动的开展，密切沿线各单位之间的联系，提高各单位内部管理水平和参与社会环境综合治理能力，团结协作，共同造就良好的工作环境和生活环境，造福社会，服务于民。

如何把沿线各单位参加共建的积极性调动起来，按市安全文明小区的标准建设一条安全文明商报路，牵头工作十分重要。参加共建的各单位领导认为，深圳商报社是商报路入住最早的单位之一，是全市的文明单位，深圳商报社商报广场又是全市安全文明标兵小区，是商报路有实力和最具影响力的单位，大家一致推举深圳商报社为牵头单位。深圳商报社为当好共建工作的"领头雁"，总编辑和一位副

1996年，深圳商报社建成安全文明小区标兵小区，成为共建安全文明商报路的"领头雁"，图为深圳市政府颁发的金色奖牌。

总编辑都参加了共建委员会。报社创建办公室承担起共建商报路工作中的文件起草、协调联络组织动员工作。为了确定共建方案，深圳商报社创建办公室的同志，不辞劳苦，沿商报路两侧，一家一户登门拜访。他们还承担了有沿线各单位600人参加的共建誓师大会的召集组织工作，制作了共建安全文明商报路路牌和宣传标语，收集整理资料，起草多种规章制度。他们的工作得到福田区委、区政府的大力支持，也得到参与共建单位的称赞。经过组织动员，沿线各单位参与共建的积极性得到充分发挥。天健工业区管理服务公司为美化商报路环境，精心摆放花展三处，设立灯光景点一处；置兴实业有限公司把创建安全文明商报路纳入本公司创名牌工作的一项内容，出资两万元购置50个卫生箱摆放在商报路沿线两侧，既解决了行人乱丢垃圾的问题，又为商报路增添了新的景观。

建章立制　常抓不懈

共建工作能否取得成效，重要的问题还在于建章立制，常抓不懈。

为共建安全文明商报路成立的共建委员会，坚持每月一次例会制度，对共建工作集体研究作出决策。下设的共建办公室每月两次会议，研究落实共建中的具体工作，重大事项报共建委员会决定。

沿线参与共建的单位，每月第一周星期五下午3:30—5:00参加大扫除，统一清理公共环境卫生。

各单位保安轮流安排巡逻人员定时参加商报路巡逻工作，节假日期间，有武警七支队派出战士参加执勤，维护治安。

创建办公室组织对71家门店每月一次检查评比，每月一次讲评会，对环境卫生不合格者挂卫生不合格标牌，对讲文明、讲卫生的门店挂卫生优胜标牌并给予奖励。

为做好园林绿化工作，采取"两点一承包"的办法，即门前"三包"单位交一点钱，友邻受益门店交一点钱，当地城管部门负责承包栽种的办法，将商报路所有该绿化的地方全部绿化。

共建活动开展以来，各单位联合组织大型义务劳动13次，清扫垃圾11吨，清除淤泥渣土200多立方，平整土地600多平方米，绿化面积1200平方米；整理卫生死角5处，清除违章乱拉电线上万米；检查个体门店环境卫生4次，查处乱张贴广告者两人，清洗乱张贴200多处。工作生活在商报路的各单位员工，初步形成了讲公德、讲文明、讲安全、讲卫生，自觉遵纪守法，爱护公共环境卫生的良好社会风气。共建以来，商报路没有发生过一宗治安案件，沿路环境优美，形成了安全文明的整体特色。福田区政法委书记陈作耕说这条路的共建工作，代表了安全文明小区建设的一个方向，为福田区的安全文明小区建设做出了表率。

以内带外　以外促内

共建安全文明商报路活动的开展，使沿线各单位在加强员工队伍建设方面不断加强。普遍进行了遵纪守法，热爱优美环境，讲公德、讲安全、讲文明、讲卫生的教育，促进了内部管理。各单位在加强内部管理同时，又把自己的先进管理经验和员工的精神风貌推向社会，提高了共建安全文明商报路的参与水平。实践证明，10个月以来的共建活动，形成了商报路沿线各单位之间展开安全文明建设、加强内部管理的竞赛氛围。

景龙小学在共建期间，除了组织学生纠察队统一着装参加商报路环境卫生、治安执勤之外，从本校实际出发，成立了景龙小学教育委员会，把学生参与共建活动作为社会公德教育课程，对学生的教育实行社会、学校、家庭三结合。公交集团公司、嘉华化工公司把创建安全文明商报路工作，落实到本司出租铺位的管理上，狠抓出租门店门前"三包"、防火、环境卫生等规章制度建立上。深圳商报社为进一步巩固已有安全文明标兵小区成果，狠抓内部管理，在全社员工中提倡"不随地吐痰和香口胶""不说脏话粗话""不乱扔烟头纸屑"等"十六不"，树商报文明新风，将人们的道德行为寓于规范之中。

市委书记厉有为称赞："深圳商报社的小环境真不错！"

在报纸复刊五周年之际，报社员工在新址植下了棵棵幼树。这是大家一人一铲土栽种"团结树"，象征报社员工团结一致，奋发向上。

本文原载于《深圳商报通讯》1998年第2期。文中数字、机构名称和人物职务等信息，均以当日信息为准。此章节照片，除署名者外，均由《深圳商报》资料室提供。

后　语

从部队到地方，进报社工作，在就任编辑记者一职时，曾受到纪希晨老师的教诲。在北京平安里他家中，他对我说："报社的编辑记者，可是一件终身的职业，是要用一生的努力去观察去采编新闻的。"

从那以后，我在十多年的报社总编室工作中，一直有着要用一生的努力，去做好这份儿工作的信心和热情。直到后来，做了报社后勤管理工作的相当长的一段时间里，那种做好采编工作的冲动和欲望都始终没有减弱。

在伟大的历史进程中，我们正在跟着时代的步伐前进着。为了不忘老师的教导，也为了不使那曾经燃烧过的激情随风而去，虽然已经退休，仍然在努力学习着。真正动了念头，把尘封的文字整理一册，还是2020年3月份的事儿。那一场突如其来的冠状肺炎病毒，使少聚会、居家防范，成为阻击病魔横行的安全措施之一。本来，我没有收集整理旧文的习惯。更少有机会，像如今这样强迫自己静下心来，如此这般地将以往作品做一梳理。这次，利用居家机会，又做了一回编辑，把散落多年旧稿选择其中编辑成册，这也成为居家抗疫的退休生活中的一件闲事。

翻腾旧稿，更清楚当年是如何想用一种朴实而亲切的语言，去记录和报道改革开放后的经济生活和社会发展的。新闻，有着历史的真实性、客观性。就像一面明镜，映现着改革开放，也记载了大潮涌来时各类企业奋力前行的众生相。片文断章，全是在历史的大背景下产生的，犹如历史长河中泛起的涟漪碎浪，反映的也只是波澜壮阔大潮的冰山一角。尽管如此，从中仍然可以感受到对时代的讴歌与赞美，对未来的信心与企盼。那时，除了突发的社会新闻和摄影报道之外，哪怕是一篇"纪行"新闻通讯的小稿，也是经过报社专题策划，得令前行的。深入基层后，记者反复分析观察，认真讨论推敲，稿件反复修改，送审层层把关。所以，每每见到稿件如期发表，与读者见面，一种无法掩饰的喜悦就会油然而生。这是当时，每一个报社编辑记者，都曾经有过的辛勤耕耘后那种收获的喜悦和充实感。

"物有所不足，智有所不明。"在重新编辑成书的过程中，看到有的稿件，其中的差距与不足是不可避免了。无论是从被采访对象的新闻认知与挖掘上，还是如何去用读者喜闻乐见的形式及文字表达上，都很难做到尽善尽美。尤其是对改革开放，企业发展创新的感悟和提炼方面，还有着很大的提升空间。

把稿件整理成书，真不是一件轻而易举就可以完成的事。尽管是曾经见过报的稿件，仍然要得到贵人相助，那是必须的。市委原常委、宣传部部长李小甘，就是深圳商报社的贵人。他在中共深圳市委常委会中分工专抓媒体管理工作多年。深圳商报社的发展，始终得到市委、市政府的支持和帮助，也倾注了李小甘的心血。他是老报人，熟悉报社的生活，对其有着深厚的感情。看了我送审的书稿，他百忙之中欣然作序，多年给予的帮助、支持和鼓励跃然纸上，使人深长铭记。高兴烈总编辑，原是深圳商报社的一社之长。在市委、市政府领导下，他带领一班人马，复刊创业，使报社从小到大，由弱到强，经过跨越式发展而成功崛起。他认真做人做事，一丝不苟；对报社发展和热爱一往情深；对新闻事业始终坚守初心追求与奉献，并努力奋斗，我们也一直努力地学习着。王庭僚，是我入社时的副总编辑。是他带着我，强调做好编辑、做好记者，就要先做好人。他的师长之情，感激不尽，他在为书作序时对我的肯定，常令我心有不安，实感还有不小的差距。我会把这些肯定的评语，当作鼓励与鞭策，当成继续努力的方向。

编辑过程中，得益于吴松营、王田良、丁时照几位总编辑，对书中的多篇稿件，用情用义用心地给予认真把关和修改，让我受益匪浅，在此表示深深谢意。还要感谢共赴基层一线，"组团"采访并合作撰写新闻的团队好友。他们劳心劳力认真采访，任劳任怨反复修改，才使这些作品曾在报纸版面和书刊上占有一席之地。这些合作的"团队"好友是：曾云添、祁念曾、张荣刚、叶晖、刘良龙、杨超、赵永东、胡啸南、刘继生、张富刚、嘉陵、谢莹、金名。

　　深圳市深正广告策划有限公司周平、蕾蕾设计师和编辑，给予书籍顺利出版鼎力支持与帮助，《深圳商报》资料室袁承咏、丁小芳、王鹃，给予查阅创业档案资料提供了诸多方便。在此衷心感谢！

冷鸿文

2021 年 6 月 30 日